KB178286

무지갯빛 아이들

무지갯빛 아이들

발 행 | 2023년 06월 26일
저 자 | 김윤경
펴낸이 | 한건희
펴낸곳 | 주식회사 부크크
출판사등록 | 2014.07.15.(제2014-16호)
주 소 | 서울특별시 금천구 가산디지털1로 119 SK트윈타워 A동 305호
전 화 | 1670-8316
이메일 | info@bookk.co.kr

ISBN | 979-11-410-3307-1

무지갯빛 아이들

김윤경 지음

차례

주님께 감사드립니다.

꿈을 꾸었습니다.
깜깜한 길에 서 있었습니다. 처음 보는 길이었습니다.
어디로 가야 할지 몰라 오가는 사람들을 살폈습니다.
다들 모른 척 자기 길만 가고 있었습니다.
가장 선해 보이는 이에게 다가가 도와달라고 했습니다.
그는 잠깐 저를 보더니 함께해 주었습니다.
그와 함께 걸으니 주위는 밝게 빛났습니다.
짙은 어둠 속에서 혼자 있다는 공포가 사라졌습니다.
두려움이 기쁨으로 바뀌는 순간이었습니다.
주님과 함께 걸으니 어둠이 빛으로 바뀌었습니다.

십여 년 전 이 이야기가 처음 떠올랐습니다.
그동안 많은 일이 있었습니다.
어렵게 이야기가 세상에 나오게 되었습니다.
이 이야기가 위로와 희망이 되기를 바랍니다.

제1화 오한나 이야기

한나는 거울 앞에서 꼼짝도 하지 않았습니다. 짧게 깎인 뒷머리는 남자아이 같았습니다. 엄마는 한나의 머리카락을 또다시 짧게 잘랐습니다. 한나는 긴 머리보다 짧은 머리가 훨씬 잘 어울린다고 엄마는 생각했습니다. 그래서 한나의 머리카락은 싹둑싹둑 잘려 나갔습니다. 여느 남자아이들보다 더 짧았습니다. 한나 입에서 옅은 한숨이 새어 나왔습니다. 한나는 짧은 머리 위로 후드를 뒤집어썼습니다.

"학교 다녀오겠습니다!"

한나 목소리가 집안에 쩌렁쩌렁 울렸습니다. 하지만 잘 다녀오라는 말은 들리지 않았습니다. 엄마는 중학생인 오빠가 학교에 가고 나면 바로 잠을 잤습니다. 한나는 늘 혼자 준비해서 집을 나왔습니다. 새벽부터 비가 내리고 있었지만 한나는 몰랐습니다. 거실에는 짙은 암막 커튼이 쳐져 있기 때문입니다. 아파트 건물 밖으로 나오자 그제야 비가 온다는 것을 알았습니다. 한나는 빗속으로 손을 내밀었습니다. 바람 부는 대로 빗방울이 흩어졌습니다. 우산을 가지러 갈까 말까 망설였습니다. 하지만 깜깜한 집이 떠오르자 이내 고개를 저었습니다.

한나는 가방을 머리 위로 들고 빗길을 뛰었습니다. 교문 앞에는 우산 쓴 아이들로 가득했습니다. 우산 없는 애는 한나뿐이었습니다. 한나는 일부러 시끄럽게 빗물을 걸어찼습니다. 운동화는 금세 빗물로 가득 찼습니다. 입을 삐죽 내민 채 걷는 한나 머리 위로 알록달록 예쁜 우산이 씌워졌습니다. 한나는 우산의 주인을 돌아보았습니다. 긴 머리칼의 여자아이가 웃고 있었습니다.

"얘, 왜 혼자 비 맞고 다녀? 우산 같이 쓰자!"

한나는 민망한 듯 살짝 미소를 지었습니다. 곁눈으로 아이의 머리카락을 훔쳐봤습니다. 구불구불 웨이브 진 긴 머리카락을 보니 한나는 자신의 짧은 머리가 더 부끄러워졌습니다.

'아……. 내 머리는 아무도 보면 안 돼-. 다들 날 비웃을 거야.'

한나는 고개를 푹 숙이며 걸었습니다. 그때 뭔가가 한나 뒤통수를 세게 치고 지나갔습니다.

파박-

그 바람에 후드는 벗겨졌고, 한나는 비명을 지르며 고꾸라졌습니다. 우산을 씌워주던 아이는 놀라 교문 안으로 들어가 버렸습니다.

한나 뒤로 달음박질치는 소리가 시끄럽게 울렸습니다. 아이들의 웃음소리도 가까이 들렸습니다.

"야! 오한나 맞지! 와, 또 머리 잘랐네!"

"우---와― 너무 한다! 너무 짧다, 한나야!"

"아예 다 확 밀어 버리지 저게 뭐야! 야-, 야-, 오한나 머리- 좀 봐!"

"하하하, 남자냐? 여자냐?"

"우―와, 정말 짧다!"

한나가 괴성을 지르며 몸을 일으켰습니다.

"그! 만! 해!"

한나가 소리를 질렀지만 아무도 무서워하지 않았습니다. 후드가 벗겨지자 머리카락은 더 짧아 보였습니다. 한나는 화가 나서 얼굴이 빨갛게 되었습니다.

"야! 야! 한나 화났다! 화났어! 드디어 불타는 잔디머리 나타났다!"

"우―와― 잔디머리다!"

"불타는 잔디머리-!"

"야, 너희들 가만 안 둬! 그―만―해--!"

한나가 소리를 꽥 질렀지만 아이들은 한나 얼굴을 보고 킥킥거렸습니다. 화가 나서 빨갛게 된 얼굴에 빗물에 젖은 짧은 머리카락까지, 한나 얼굴은 마치 찡그리는 잔디 인형 같았습니다.

"오한나는 남자래요~♪, 남자래요~🎵"

"잔디머리~, 잔디머리~🎵"

한나를 모르는 애들까지 모두 한나를 쳐다보고서는 낄낄거렸습니다. 한나는 이제 뒤통수가 아픈 것보다 아이들이 자신을 쳐다보는 게 더 화가 났습니다. 한나가 달리기 시작했습니다. 노래를 부르며 놀리던 애들을 겨냥해서 신주머니로 세게 갈기기 시작했습니다. 한나에게 신주머니는 무기였습니다. 짓궂은 장난을 치던 아이들은 요리조리 도망쳤습니다. 조용하던 교문 앞은 금세 떠들썩해졌습니다. 구경하던 아이들은 실실 웃으며 한나를 지나쳤습니다. 씩씩거리던 한나도 아이들을 쫓아 교문 안으로 들어갔습니다.

한나가 지나간 자리에는 실내화 한 짝이 버려져 있었습니다. 매직 펜으로 '오한나'라고 크게 써놓은 실내화는 이리저리 나뒹굴었습니다. 한나가 신주머니를 휘두를 때 떨어졌습니다.

등교 시간이 지났을 즈음, 교문 밖으로 남자아이 하나가 달려 나왔습니다. 아이는 곧장 실내화 한 짝을 찾아서 교문 안으로 사라졌습니다.

제2화 한나의 비밀 장소

한나가 다니는 세상초등학교는 이 도시에서 가장 오래된 학교입니다. 십여 년 전만 해도 세상초등학교는 도시에서 가장 낡고 위험한 학교였습니다. 아이들은 이곳에 다니는 걸 아주 싫어했습니다. 하지만 지금은 달라졌습니다. 세상초등학교는 이 도시에서 가장 멋진 학교로 변했습니다. 학교를 새로 지었기 때문입니다. 옛 건물은 그대로 둔 채, 새 건물을 지었습니다. 대신 예전 학교로 들어가는 입구를 막아 버렸습니다. 세상초등학교는 새 건물을 짓고 나서도 리모델링 공사를 계속해서 늘 새로 지은 학교처럼 만들어 놓았습니다.

오래전 졸업한 어른들은 옛날 학교가 있다는 걸 알고 있었지만, 새롭게 입학한 아이들은 그것을 몰랐습니다. 어른들은 마치 약속이

나 한 듯 예전 학교에 대해서는 일절 이야기하지 않았습니다. 그런데 그렇게 꼭꼭 감춰 놓은 학교를 한나가 발견해 버렸습니다. 숨바꼭질하다가 예전 학교로 들어가는 길을 찾아낸 것입니다.

한나가 다니는 학교에는 담쟁이로 뒤덮인 높다란 담벼락이 있었습니다. 다들 벽 너머는 꽉 막혀 있다고 했습니다. 한나는 술래에게 안 들키려고 담쟁이덩굴 주위를 서성거렸습니다. 그런데 막힌 것처럼 보이던 담쟁이 벽 사이로 빛이 들어왔습니다. 한나는 호기심에 그곳을 툭 차 보았습니다. 그러자 낡은 담벼락에 개구멍이 생겼습니다. 개구멍 안쪽을 슬쩍 보니 몸을 숨길 만한 공간이 보였습니다. 한나는 숨바꼭질이 끝날 때까지 그곳에 숨어 있었습니다. 아무도 한나를 찾지 못했습니다. 한나는 잡풀이 가득 차 있는 담쟁이 벽 뒤쪽이 궁금해졌습니다. 한번 가볼까 하다가도 낯선 곳이라 두려웠습니다. 하지만 그러면 그럴수록 담쟁이 벽 뒤가 너무 궁금해 잠이 오지 않았습니다.

며칠이 지났습니다. 아이들이 모두 집으로 돌아간 오후, 한나는 담쟁이 벽 앞에 섰습니다. 개구멍을 통과해 잡풀이 우거진 길을 걸어갔습니다. 얼마 가지 않아서 큰 호수와 학교가 보였습니다. 학교는 낡고 오래돼 보였습니다. 학교 옆에는 이끼가 잔뜩 긴 호수도 있었습니다. 호수는 멀리서 보면 자그마한 연못처럼 보였지만, 가까이 갈수록 부채꼴처럼 넓게 퍼지는 큰 호수였습니다. 호수 중앙에는 기괴하게 생긴 큰 돌덩어리가 입을 쫙 벌리고 있어서 으스스한 기분마저 들었습니다. 하지만 아무도 없는 조용한 이곳이 점점 마음에 들었습니다. 자기를 놀리는 아이들도 없고, 구박만 하는 가족도 없는 이곳이 너무 좋았습니다. 게다가 이곳을 아는 사람이 세상에서 자기 혼자뿐이라는 생각이 들자 날아갈 듯이 행복했습니다. 그날부터 호수는 한나의 비밀 장소가 되었습니다.

　얼마 후 오빠 친구들이 한나네에 놀러 왔습니다. 한나는 오빠들이 내는 시끌벅적한 소리에 짜증이 났습니다. 한나는 쿵쿵거리며 오빠 방문 앞으로 갔습니다. 소리를 꽥 지르려던 찰나였습니다.

　"야, 너희들- 세상초등학교 전설 아니?"

　한나는 순간 멈칫했습니다.

　"전설? 난 처음 듣는데-. 전설 있을 게 뭐가 있나?"

　"야, 뭐 학교에 외계인이라도 나왔대? 킥킥"

　"하하, 아니면 괴물이 사나?"

　한나는 방문 앞에 귀를 바짝 갖다 대었습니다. 처음 이야기를 꺼낸 오빠가 목소리를 낮췄습니다.

　"와, 다들 모르네! 나 초등 때 울 담임 선생님이 무서운 얘기라고 해줬는데- 지금 학교 뒤편에 진짜 원래 학교가 아직 있대. 그리고 그 옆으로 호수가 하나 있는데……"

　"그게 무서운 이야기야?"

　"아니, 아니 잘 들어봐-! 그 학교와 호수에서 반 애들이 한꺼번에 사라졌대!"

　"……"

　"사라져? 왜 사라져? 어디로?"

　"그게 말이야, 밤이 되어도 애들이 집에 안 오니까 그때부터 찾으러 다녔는데, 나중에 보니까 다들 한 반 애들이라는 거야. 그것도 호수 근처에서 놀던 애들만 싹 다 없어졌다더라. 학교도 샅샅이 뒤지고 근처에 땅도 파고- 나중에는 호숫물도 싹 다 빼보려고 했는데 실패했대. 그게 호숫물을 아무리 빼도 다음날에 가보면 전날이랑 똑같다는 거야. 어디선가 호숫물이 솟아난다는 거지!"

"말도 안 돼! 그래서……, 아직도 못 찾은 거야?"

"응-"

"응-? 못 찾았다고? 뭐야?"

"야, 한 명만 사라져도 뉴스에 나오고 난린데-, 사라진 애들이 몇 명이야? 스무 명은 넘었을 거 아냐? 근데 그게 말이 돼?"

"에잇-, 아닐 거야, 그냥 지어낸 이야기겠지."

이야기를 처음 꺼낸 오빠가 억울해했습니다.

"진짜라니까! 애들이 사라진 학교를 그대로 둘 수 없다고 해서 전부 다 없애버리려고 했대. 근데 학교를 부수고 그 자리에 새 학교를 짓는 건 다들 반대했다더라. 결국 호수랑 예전 학교는 숨겨놓고 새 학교를 다시 지었다고 했어."

"야-, 너무 무섭다, 그게 진짜라면……."

그 얘기를 끝으로 다들 조용해졌습니다. 한참 동안 아무 소리도 들리지 않았습니다. 한나가 어이없어하며 피식 웃었습니다.

'바보 같아. 호수 진짜 멋진데! 아이들이 왜 사라져-. 진짜 겁쟁이들이야. 흥.'

한나는 오빠들이 무서워한 옛날 학교와 호수가 무섭지 않았습니다. 오히려 더 좋아졌습니다. 호수에 전설이 있다는 것도 마음에 들었습니다. 더 신비로워 보였습니다. 오빠들의 이야기는 다 거짓말이라 여겼습니다. 무엇보다도 오빠들이 무서워하는 걸, 한나는 좋아한다는 게 너무 신이 났습니다. 오빠들보다 한나가 더 대단한 사람 같아서 기분이 좋아졌습니다. 오빠들의 이야기는 겁쟁이들의 바보 같은 소리라고 여겼습니다.

제3화 무지개술래

비 오던 등굣길.

실내화 한 짝을 잃어버린 그날 아침, 한나는 아이들을 쫓는 척하다가 담쟁이 벽 뒤로 사라졌습니다. 한나는 호숫가에서 놀다가 교실로 돌아갈 생각이었습니다. 빗방울도 점차 잦아들었습니다.

한나는 원래 도통 웃지 않는 아이였습니다. 학교에서나 집에서나 늘 뚱한 표정을 짓곤 했습니다. 누가 뭐라고 해도 한참 있다가 대답하거나, 못 들은 척하곤 했습니다. 그런 한나가, 호수에만 오면 달라졌습니다. 호숫가를 깡충깡충 뛰어다니기도 하고, 큰소리로 노래를 부르기도 했습니다. 물수제비도 곧잘 했습니다. 물결 위로 통통통 거리며 돌멩이가 날아갈 때면 마치 자기가 날아가는 것 같았습니다.

비 온 뒤의 호수는 말간 초록색이었습니다. 주위에는 비에 실려 온 썩은 나무둥치가 군데군데 보였습니다. 퀴퀴한 물비린내는 났지만 한나는 그것조차 좋았습니다. 호수는 너무 신비롭고 아름다웠습니다. 한나 입가에 미소가 번졌습니다. 가방은 빗물에 덜 젖은 큰 나무 아래 두고 작은 돌멩이를 찾으러 돌아다녔습니다. 둥글고 편편한 돌멩이를 두 손 가득 쥐고 호숫가로 갔습니다. 한참 동안 물수제비만 했습니다.

휘-잉 툭! …… 휙– 투 둑!
휙휙 …… 투 두 두둑!

하지만 돌멩이는 쭉 뻗어 나가지 못한 채 물속으로 툭툭 떨어졌습니다.

"아– 오늘은 왜 이렇게 안 되지–"

좀 전까지 신나게 웃던 한나 입이 뾰로통해졌습니다. 이제 교실로 돌아가야 할 시간입니다. 한나는 툴툴거리며 가방을 찾았습니다. 그 때 호수에서 뭔가 꿈틀거리는 소리가 들렸습니다. 머리끝이 쭈뼛 섰습니다. 차마 호수를 볼 용기가 나지 않았습니다. 한나는 두려움에 꼼짝도 하지 않았습니다. 잠시 후 아무 소리도 들리지 않았습니다. 한나는 일부로 가방을 흔들며 부스럭거렸습니다.

"아이, 참, 바보같이–. 아무것도 아닌데–."

한나는 부끄러운 듯 피식거리다가 뒤를 돌아보았습니다. 그리고 그만 놀라서 그 자리에 털썩 주저앉아 버렸습니다. 텅 비어 있어야 할 한나 뒤에 웬 할머니가 바짝 붙어 서 있었기 때문입니다.

"으아아아아악!"

놀란 한나와 달리 할머니는 덤덤했습니다.

"여기서, 뭐하누?"

울긋불긋한 은빛 옷을 입은 할머니가 한나를 내려다보고 있었습니다. 할머니는 주름이 너무 많아 족히 백 살은 넘어 보이다가도, 다시 보면 반짝반짝 은빛 옷을 입은 아주 젊은 아가씨처럼 보이기도 했습니다. 엉거주춤 몸을 일으킨 한나가 놀라서 더듬거렸습니다.

"어, 어, 어- 호- 호-수 보러 왔어요. 근데 언제부터 계셨어요? 아무도 없었는데……."

"나? 아~까부터 있었지. 누가 자꾸 돌멩이를 던지나 나와봤지."

한나가 작은 소리로 툴툴거렸습니다.

"어-, 여긴 나밖에 모르는데-. 아무도 모르는데-"

"겔겔겔, 여길 왜 몰라? 내가 여기서 사는데-"

한나가 못 믿겠다는 듯 얼굴을 찡그렸습니다. 할머니가 정색하며 다시 말을 했습니다.

"진짜야! 나 여기서 살아. 네가 가끔 호수에 와서 돌 던지는 것도 알지. 여기서 아~주, 아주 오-래 전부터 살고 있었어. 저기 저 학교가 생기기 전부터 말이야-. 참, 친구는 없어? 왜 늘 혼자 와?"

할머니가 한나를 빤히 쳐다보았습니다. 한나는 마치 아픈 곳을 콕 찔린 것 같아 눈만 껌뻑거리다 무심코 할머니 눈을 마주 보았습니다. 그런데 이상했습니다. 할머니 눈은 갈색을 띠었는데, 계속 보고 있자니 마치 고양이 눈처럼 보였습니다. 노랗기도 하고 빨갛기도 한 느낌이었습니다. 한나가 흠칫 놀라 뒷걸음질 쳤습니다. 할머니가 한나에게 재차 물었습니다.

"친구는 없냐니까?"

한나는 대답하기 싫어서 뾰로통하게 대꾸했습니다.

"전 혼자 있는 거 좋아해요."

할머니는 그럴 줄 알았다는 듯 삐죽이 웃었습니다.

"그래-. 친구가 있으면 좀 귀찮지. 이 할미도 혼자 있는 거 좋아 해. 그런데 이렇게 이쁜 걸 보니 엄마가 널 많이 예뻐하시겠다, 그 렇지? 응? 응?"

할머니는 한나의 표정을 유심히 살피며 계속 물어댔습니다. 한나 는 눈을 크게 떴습니다. 무어라 대답할지 멍해졌습니다. 한나는 이 제껏 예쁘다는 말은 들어본 적이 없었기 때문입니다. 가끔 아이들 이 귀엽다고 하거나 머리만 길면 예쁘겠다고 하면, 한나는 속이 울 렁거렸습니다. 행여 다른 아이들이 듣고 놀릴 것 같아 불편했습니 다. 한나가 머뭇거리자 할머니는 그럴 줄 알았다는 듯 고개를 끄덕 였습니다.

"근데, 머리는 왜 이리 짧게 잘랐누? 난 처음에 사내아이인 줄 알았지! 크크큭!"

한나는 고개를 숙인 채 발끝으로 땅을 팍팍 찼습니다. 얼굴이 빨 갛게 물들었습니다. 할머니는 고개 숙인 한나를 보며 눈을 크게 떴 습니다.

"참~, 물수제비는 어디서 배웠누? 너만큼 잘하는 애는 본 적이 없어!"

한나가 갑자기 고개를 번쩍 들었습니다.

"보셨어요? 오늘은 좀- 못했어요."

한나가 살짝 미소를 짓자 할머니가 바짝 다가섰습니다. 할머니는 갑자기 한나 손을 꽉 쥐었습니다. 할머니 손은 차갑고 손아귀 힘은 너무 셉니다. 손만 잡혔는데도 숨이 막혀 왔습니다. 한나가 비명을 질렀습니다.

"할머니--!"

한나가 화를 내자 할머니는 못 이기는 척 손을 놓아주었습니다. 그리고 한나 손에 작은 돌멩이 하나를 쥐여 주었습니다. 둥글고 얄팍한 그리고 은빛으로 빛나는 돌멩이였습니다. 마치 보석처럼 빛이 났습니다. 좀 전까지 짜증을 부리던 한나 표정이 바뀌었습니다. 할머니가 히죽 웃었습니다.

"너한테 큰 선물을 주려고 여기까지 나왔어. 대신 이 선물은 아무한테도 말하면 안 돼! 이건 너하고 나, 둘만의 비밀이야. 저기, 저-기 보이는 큰 돌덩이 보이지? 저 돌은 그냥 돌이 아니고, 사실은 이 땅을 지켜주시는 이무기님이야. 이무기님은 사실 소원을 이뤄주는 신령스러운 영물이지."

"이무기라고요? 근데 소원을 이뤄줘요?"

할머니가 고개를 크게 끄덕였습니다.

"이무기는 아주 힘이 센 큰뱀이야! 네가 소원을 간절히 빌면서-, 이 은빛돌멩이로 이무기돌을 맞추면~, 그러면 네 소원이 이뤄져! 너 소원 있잖아?"

"제, 소원요?"

"그래, 네 소원! 네 소원이 뭔지 알고 있지. 나는 모르는 게 없어. 다~알아! 너 오늘 아침에도 소원 빌었잖아! 이뤄졌으면 했잖아! 크크큭"

한나는 마치 숨겨 둔 비밀이 탄로 난 것처럼 얼굴이 새빨개졌습니다.

"진─짜, 이뤄져요?"

할머니는 대답 대신 고개를 끄덕였습니다. 한나는 그래도 이해가 안 된다는 표정을 지었습니다.

"진짜 소원이 이뤄진다면-, 진짜 이뤄진다면……, 그걸 왜 저한테만?"

"네가 아~주 착해서 이무기님이 상 주시는 거야! 흐흐흐- 크크큭~ 참, 근데 말이야 음 이건 잊으면 안 돼! 꼭 은빛돌멩이로 던져야 해! 꼭! 예쁘다고 갖고 있거나 친구 주면 안 돼! 아! 친구는 없으니- 그건 다행이네! 크크큭-"

할머니는 한나 눈을 보며 신신당부했습니다. 한나는 대답 대신 얼굴을 찡그렸습니다. 할머니가 놀라 물었습니다.

"아니, 왜?"

"아, 그게, 저……, 사실은- 제가 잘 잃어버려서요. 그래서 늘 혼나는데……. 이 돌도 잃어버리면 소원은 안 이뤄지는 거예요? 다른 돌은 안되나요? 그때 다시 할머니 찾으면 되나요?"

할머니는 한나를 빤히 쳐다보다가 한숨을 내쉬었습니다. 한나는 할머니의 눈길을 피해 학교를 보다가, 다시 호수를 봤다가 딴청을 피웠습니다. 할머니는 아무 말이 없었습니다. 한나가 다시 할머니를 보았을 때 할머니는 보이지 않았습니다. 한나는 당황해서 여기저기 찾아다녔지만 할머니는 어디에도 없었습니다. 마치 꿈을 꾼 것 같았습니다. 한나는 헛것을 본 건가 싶어 살짝 겁이 났습니다.

한나는 빨리 교실로 돌아갈 생각에 가방을 들었습니다. 그러자 한나 손에서 은빛돌멩이 두 개가 툭 떨어졌습니다. 조금 전까지 돌멩이를 들고 있다는 느낌도 없었는데, 은빛돌멩이가 두 개나 생겼습니다. 은빛돌멩이는 반짝반짝 빛이 났습니다. 서로서로 비추며 두 배의 빛을 발했습니다. 한나는 은빛돌멩이를 보느라 할머니가 사라진 것도 돌멩이가 갑자기 두 개로 변한 것도 다 잊어버렸습니다. 한나는 그저 신이 나서 호숫가를 떠났습니다.

수업 종이 울렸습니다. 복도에는 아무도 없었습니다. 한나는 서두르는 기색도 없이 신주머니를 탈탈 털었습니다. 하지만 아무리 흔들어도 실내화는 한 짝뿐이었습니다. 한나는 실내화 한쪽에만 발을 끼운 채 깨금발로 계단을 뛰어올랐습니다. 쿵쿵거리는 소리가 복도에 울려 퍼졌지만 개의치 않았습니다.

드르륵ㅡ

교실 문 열리는 소리에 다들 돌아보았습니다. 비를 쫄딱 맞은 한나 모습에 아이들은 키득키득 웃어 댔습니다.

"야, 오한나! 또 지각이야!"

"실내화 한 짝만 신고 왔다!"

"오~한나는 지각쟁이~♪!"

시시껄렁한 이야기가 끊이지 않았습니다. 한나는 못 들은 척했습니다. 대신 책상 위로 가방을 세게 패대기쳤습니다. 쾅 소리에 아이들은 웅성거리다 금세 조용해졌습니다. 한나는 모르는 척 책을 펴고 가만히 앉아 있었습니다. 하지만 비에 젖은 옷이 자꾸 들러붙어 점점 추워졌습니다. 게다가 이번에는 뒷자리 녀석이 연필 꽁지로 한나 등을 콕콕 찔러댔습니다. 한나는 의자를 앞으로 바짝 당겼습니다. 하지만 뒷자리 연필 꽁지 녀석은 책상을 앞으로 붙여서 계속 찔러댔습니다. 한나는 등을 쫙 편 채 잠시 가만히 있었습니다. 뒷자리에서 키드득거리는 웃음소리가 들려왔습니다. 그때, 한나는 온 힘을 모아 의자를 뒤로 꽉 밀어버렸습니다.

쿠- 당- 탕- 탕!

한나 뒤편의 책상이 나자빠지면서 녀석도 함께 넘어졌습니다. 한나는 아무 일 없다는 듯 칠판만 쳐다보았습니다. 녀석은 씩씩거렸지만 선생님의 등장으로 금세 조용해졌습니다.

한나는 수업에 집중하려고 했습니다. 하지만 실내화를 신지 않은 맨발이 점점 시려 왔습니다. 추워서 발가락을 꼼지락거렸습니다. 근데 뭔가가 발끝에 걸렸습니다. 한나는 선생님 몰래 책상 밑을 보았습니다. 실내화 한 짝이 놓여 있었습니다. 한나는 한쪽 발을 쭉 뻗어서 실내화를 당겼습니다. 실내화에는 '오한나'라고 크게 적혀 있었습니다. 책상 밑의 실내화는 한나가 잃어버린 바로 그 한 짝이었습니다.

'어? 잃어버린 게 아니라 교실에 두고 갔나? 내가 여기에 뒀나?'

그런데 실내화는 교실에 쭉 있었던 게 아니었습니다. 마치 좀 전까지 비를 맞은 것처럼 축축했습니다.

'어-? 비 맞은 거 같은데……. 뭐지? 누가 장난쳤나? 아니지-. 장난쳤으면 실내화를 숨기지, 이렇게 찾아주지는 않지. 그럼, 뭐야? 누구야? 누가 갖다 놨어?'

한나는 혹시 실내화를 찾아준 아이가 자기를 볼까 봐 주위를 두리번거렸습니다. 눈이 마주친 아이가 딱 한 명 있기는 있었습니다. 몇 달 전 전학 온 강노을이었습니다. 한나는 노을이를 보며 눈을 동그랗게 떴습니다. 혹시 네가 갖다 놓았냐는 식으로 고개를 갸웃거렸습니다. 노을이는 흠칫 놀라며 고개를 돌렸습니다. 한나도 머쓱해서 앞을 바라보았습니다.

'그래, 강노을이 그럴 리가 없지. 강노을이 나를 어떻게 알고 실내화를 갖다 놓았겠어? 흠……. 그런데 왜? 왜 날 보고 놀라? 부끄러웠나? 몰래 갖다 놓은 걸 내가 알아버려서? 헤헤- 그냥 내가 쳐다보니까 당황했겠지! 노을이가 날 어떻게 알고 실내화를 갖다줬겠니? 야, 오한나! 정신 차려! 네가 뭐라고, 실내화를 찾아줬겠니? 짧은 머리 주제에--, 정신 차려, 오한나'

한나가 슬며시 노을이 쪽을 쳐다보았습니다. 노을이는 수업 내용을 쓰느라 바빠 보였습니다. 한나는 천천히 창 쪽으로 고개를 돌렸습니다. 창문이 살짝 열려 있었습니다. 바깥 풍경은 말갛고 깨끗했습니다. 비가 그친 하늘에는 무지개가 떠 있었습니다. 비 그친 뒤의 풍경이 한나를 기분 좋게 해줬습니다. 오늘 같은 날씨는 한나에게는 선물 같은 날입니다. 한나는 무지개를 엄청나게 좋아하기 때문입니다.

'우-와, 무지개 좀 봐! 나도 저기서 살았으면 좋겠다! 공부도 안

하고, 학교도 안 다녀도 되고……. 머리카락은 잔뜩 길러서…….'

한나 입가에 미소가 번졌습니다. 아침에 호수도 갔다 왔고, 잃어버린 줄만 알았던 실내화도 찾았고, 게다가 이렇게 멋진 무지개도 봤으니 한나는 너무 행복해서 춤이라도 추고 싶은 심정이었습니다. 한나는 저도 모르게 소리 내어 웃었습니다.

"헤헤헤……"

생뚱맞은 웃음소리에 다들 한나를 돌아보았습니다. 한나는 아직 창밖만 보고 있었습니다. 잠시 후, 누군가 한나의 어깨를 톡톡 쳤습니다. 한나는 어깨를 움츠렸습니다. 한나는 무지개 보는 걸 놓치고 싶지 않았습니다. 어깨를 치던 손이 이번에는 한나 머리를 소리 나게 탁탁 쳤습니다. 한나는 조금 짜증이 났습니다. 또 연필 꽁지 녀석이겠거니 하는 맘에 몸을 획 돌리려던 참이었습니다. 그런데 고개를 채 돌리기도 전에 선생님과 맞닥뜨렸습니다. 선생님은 심각한 표정으로 한나를 내려다보고 있었습니다.

"왜 웃어? 뭐가 재미있어? 지금 뭘 보고 있니? 공부는 안 할 거야?"

분명 교탁 앞에 서 있던 선생님이 한나 옆에서 팔짱을 끼고 있었습니다. 한나는 너무 놀라 벌떡 일어섰습니다.

"아, 한나는 왜 항상 창밖만 볼까? 방금 설명한 거 얘기해 봐! 못 하면 수업 내내 서 있어야 할 거야!"

한나 얼굴이 하얗게 얼어붙었습니다. 뭐라 말할지 아무 생각도 나지 않았습니다. 아이들의 시선이 다 한나에게 몰렸습니다. 저만치서 노을이도 한나를 보고 있었습니다. 노을이는 한나가 안쓰러웠습니다. 어떻게 해야 한나를 도울 수 있을지 잠시 고민했습니다. 노을이는 이내 공책에 정답을 크게 적었습니다. 그리고 한나가 잘 볼 수 있게 공책을 들었습니다. 행여 한나가 자기를 보면 정답을 알려줄 요량이었습니다.

"오한나, 모르는구나. 자, 그럼 이번 시간은 서서 공부하자."

선생님은 한나를 세워둔 채 교탁으로 걸어갔습니다. 한나는 당황해하며 주위를 돌아보다가 노을이와 눈이 마주쳤습니다. 노을이는 공책을 들고서 입으로 답을 말하고 있었습니다. 금붕어처럼 뻐끔거리며 한나를 보고 있었습니다. 한나는 다급하게 정답을 외쳤습니다. 선생님이 주춤하며 한나를 돌아보았습니다. 수업은 다시 평상시대로 진행되었습니다.

쉬는 시간, 한나는 다시 공상에 빠져들었습니다. 아이들은 저마다 떠들고 장난치느라 바빴지만 한나는 창밖만 보았습니다. 한나의 마음은 창 너머 저 멀리 날아가고 있었습니다. 한나는 무지개술래가 되어 무지개나라를 떠돌고 있었습니다.

제4화 강노을 이야기

비 오던 날 아침.

노을이는 땅 위로 올라온 지렁이라도 밟을세라 고개를 숙이며 조심조심 걷고 있었습니다. 그때 아이들의 시끌벅적한 웃음소리가 들려왔습니다. 노을이가 무심결에 뒤를 돌아보았습니다.

"야! 오한나 머리 좀 봐!"

"야! 야! 오한나가 우리 잡으러 온다!"

"얼른 도망가자!"

"우하하하하하, 하하!"

몇몇 아이들이 한나 주위를 빙 둘러싸서 짓궂게 놀리고 있었습니다. 노을이는 한나와 장난꾸러기 패거리를 바라보았습니다.

한나는 노을이네 반에서 머리카락이 제일 짧은 여자아이입니다.

한나는 늘 혼자였습니다. 한나는 지각쟁이에다가 수업 시간에는 늘 창밖만 보다가 혼나기 일쑤였습니다. 짤막한 머리 때문에 '잔디머리'라고 아이들이 놀리기라도 할라치면 화를 내거나 욕을 내뱉기도 하지만 보통 때는 거의 말을 하지 않았습니다.

얼마 전 노을이는 한나가 환하게 웃는 모습을 처음 보았습니다. 호수에 관한 수업을 할 때였습니다. 별로 웃기지도 않은데 한나 혼자 큰소리로 웃었습니다. 그 바람에 반 아이들 모두 한나를 이상하게 생각하기도 했습니다.

사실 노을이는 얼마 전에 전학을 왔습니다. 그래서 여태 친구를 사귀지 못했습니다. 아이들은 또래보다 조용한 노을이를 놀이에 끼워주지 않았습니다. 노을이 역시 조용한 걸 좋아하다 보니 혼자 있는 게 더 좋을 때도 있었습니다. 노을이 눈에는 한나도 그렇게 보였습니다.

교문 앞에서 한나는 화가 단단히 나 있었습니다. 누군가 도움이 필요해 보였습니다. 노을이는 도와주고 싶었지만 섣불리 나섰다가 놀림감이 될까 두려웠습니다. 그 사이 한나는 자기를 놀리는 애들을 향해 신주머니를 돌리며 뛰어다녔습니다. 그때였습니다. 한나의 신주머니에서 실내화 한 짝이 포물선을 그리며 튕겨 나왔습니다. 한나는 그것도 모른 채 아이들을 쫓고 있었습니다. 노을이가 다급하게 한나를 불렀습니다.

"어―, 하, 한나야!"

하지만 한나는 못 들은 채 교문 안으로 들어가 버렸습니다. 대신 앞서 걷던 아이가 노을이를 돌아보았습니다. 노을이는 놀라 입을 꽉 다물었습니다. 대신 떨어진 실내화가 어디에 있는지 봐 두었습니다. 교실에 들어가자마자 한나 자리부터 보았습니다. 벌써 들어와 있어야 할 시간인데도 한나는 오지 않았습니다. 노을이는 살짝 밖으로 나가 한나 실내화부터 챙겼습니다. 그리고 아무도 모르게 한나 자리에 실내화를 갖다 놓았습니다.

수업이 시작할 때까지 한나는 오지 않았습니다. 노을이는 복도로 나가 보았습니다. 어디선가 콩콩거리는 소리가 가까이에서 들려왔습니다. 깨금발로 복도를 뛰어오는 한나의 모습이 슬쩍 보였습니다. 한나는 조심스레 뛰었지만 깨금발 소리는 크게 들렸습니다.

한나는 책상 밑에 실내화가 있는지 없는지 알지 못했습니다. 한참 만에야 바닥을 내려다봤습니다. 발밑의 실내화를 보고 잠시 눈이 커졌습니다. 한나가 주위를 두리번거렸습니다. 노을이와 눈이 딱 마주쳤습니다. 노을이는 당황해서 고개를 획 돌렸습니다. 노을이는 두근두근했습니다. 한나가 알아줬으면 하는 마음 반, 그냥 모르고 넘어갔으면 하는 마음이 반반이었습니다. 하지만 한나가 모르더라도 노을이는 기분이 좋았습니다. 한나가 깨금발로 돌아다니지 않아도 된다는 생각에 뿌듯했습니다.

수업을 마치자마자 노을이는 신이 나서 집까지 달렸습니다. 엘리베이터를 기다리지 않고 5층까지 다다닥 뛰어 올라갔습니다. 집에는 늘 그렇듯이 아무도 없었습니다. 엄마는 저녁이 되어야만 집으로 올 수 있었습니다.

1년 전, 노을이 엄마 아빠는 이혼했습니다. 그 후로 노을이는 엄마와 단둘이서 이 동네로 이사 왔습니다. 아빠는 가끔 전화나 문자로 연락했습니다. 엄마는 이혼하고 나서 직장을 구했습니다. 일을 시작한 후부터 엄마는 점점 늦게 들어왔습니다. 노을이는 이제 혼자인 시간이 그리 힘들지 않았습니다. 집에 들어오면 바로 텔레비전 리모컨부터 눌렀습니다. 텔레비전 화면에서 시끄러운 만화 주인공들의 목소리가 흘러나왔습니다. 노을이는 과자봉지를 뜯었습니다. 조용하던 집안에 과자 먹는 소리와 텔레비전 소리가 겹치면서 사람 사는 생기가 났습니다. 노을이는 한참을 그렇게 있다가 학원 가방을 챙겨서 밖으로 나갔습니다.

밤이 되었습니다. 거실에 둔 컴퓨터에서 게임 소리가 요란하게 흘러나왔습니다. 노을이는 방이며 거실, 화장실 할 것 없이 모두 다 불을 켜 놓았습니다. 식탁 위에는 먹다 남긴 컵라면과 참치캔이 있었습니다. 노을이는 게임을 하다가 소파에 드러누웠습니다. 환하게 불을 밝힌 집 안에는 텔레비전 소리만 시끌시끌 흘러나왔습니다. 노을이는 잠결에 현관문 소리와 함께 엄마 목소리를 들었습니다.

"노을아, 자니? 밥은?"

"엄마, 왔어?"

노을이가 잠결에 대답했습니다.

"우리 노을이, 방에서 자야지--"

엄마의 갈라진 목소리가 가까이서 들렸습니다. 노을이는 미소를 지으며 두 팔을 벌렸습니다. 엄마를 끌어안고 잠시 놓아주지 않았습니다. 엄마의 웃음소리가 들렸습니다. 노을이가 살짝 눈을 떠 엄마를 보았습니다. 웃고 있는 엄마를 보니 노을이 마음이 편안해졌습니다. 노을이는 그제야 깊이 잠들 수 있었습니다.

제5화 비 오는 아침

새벽부터 비가 왔습니다. 아침인데도 어둑어둑했습니다. 흐린 하늘에서 연신 빗방울이 떨어지고 있었습니다. 거리에는 사람들의 발길이 뜸했습니다. 저 멀리에서 남자아이 하나가 걸어오고 있었습니다. 강노을이었습니다. 노을이는 힘없이 걷고 있었습니다. 어젯밤 노을이는 혼자서 밤을 지새웠습니다. 엄마는 할머니와 함께 병원에 갔다가 그길로 집에 올 수 없었습니다. 엄마는 노을이 걱정에 여러 번 전화했습니다. 하지만 별도리가 없었습니다. 할머니를 돌볼 사람은 엄마뿐이었습니다. 엄마는 할머니를 돌보느라 집에 올 수 없었습니다. 노을이는 엄마에게 괜찮다고 연신 말했습니다. 하지만 사실 노을이도 무서웠습니다. 말은 그렇게 했지만 노을이는 밤새 한숨도 못 잤습니다. 예전에는 작다고 생각했던 집이 너무 크게 느껴졌습니다. 집의 전등을 다 켜 놓았지만 밤새 악몽에 시달렸습니다.

　노을이는 날이 밝자마자 집에서 도망쳐 나왔습니다. 오늘도 밤새 혼자 있을 생각을 하니 어디론가 숨어 버리고 싶었습니다. 노을이 어깨가 자꾸 처졌습니다. 그때 누군가 노을이 이름을 크게 불렀습니다. 처음에는 잘못 들은 거겠지 싶어서 그냥 걸어갔습니다. 그러자 더 크게 노을이를 불렀습니다.

　"강! 노! 을! 야! 같이 가자!"

　이 도시에서 노을이 이름을 부를만한 친구는 거의 없습니다. 노을이는 몇 걸음 더 걷다가 걸음을 멈췄습니다. 뒤를 돌아보았지만 아무도 보이지 않았습니다. 다시 고개를 돌리자 웬 아이가 노을이 옆에 서 있었습니다. 노을이는 깜짝 놀랐습니다. 한나였습니다.

　"어? 어? 너-, 넌, 한나? 오한나?"

　"맞아! 나야, 오한나!"

　한나가 고개를 끄덕이며 웃었습니다. 노을이는 어리둥절했습니다. 늘 뚱하게 있는 모습만 보다가 살갑게 웃으며 이야기하니, 마치 한나가 아닌 다른 애 같았습니다. 한나가 자기를 빤히 보니 노을이도 뭔가 말을 해야 할 것 같아 겨우 머리를 짜내어 보았습니다.

　"왜 이렇게 일찍 학교 가? 지금 학교 가면 아무도 없을 텐데-"

　"음-, 그래 아무도 없겠다-."

　한나는 별일 아니라는 듯 담담하게 말했습니다. 노을이는 마치 꿈을 꾸는 것 같았습니다. 한나 생각을 너무 많이 해서 한나가 나타났나 할 정도였습니다.

　"노을아! 학교에 뭐 재미있는 거라도 있어? 왜 이렇게 일찍 가?"

한나가 빗방울을 툭툭 차며 장난스럽게 말을 걸었습니다. 노을이가 들릴 듯 말 듯 작은 목소리로 말했습니다.

"어, 사실은 어제 엄마가-"

"엄마가? 뭐?"

"어……"

노을이는 어젯밤 이야기를 하려다 말았습니다. 괜히 이야기했다가 자기를 겁쟁이라 여길까 망설여졌습니다.

"아, 아니, 아니야-. 그냥 일찍 나왔어. 그런데 넌 왜 이렇게 일찍 학교 가?"

한나가 머뭇거리다 속내를 털어놓았습니다.

"하, 그게, 사실은……, 사실은 다들 꼴 보기 싫어서-. 나, 가출했어."

"가출- 했다고?"

"응. 가출했어."

"왜? 혼났어?"

한나가 말없이 앞만 보고 걸었습니다. 노을이는 더는 묻지 않았습니다. 그냥 한나와 맞춰 걸었습니다. 한나가 이내 툴툴거렸습니다.

"그냥-. 울 가족은 내가 없어도 잘살 거야. 내가 하루 안 와도 아무도 몰라. 어젯밤 엄마 아빠가 괜히 낳았다고 하는 말 들었어. 그래서 그냥- 사라져 주려고-."

노을이는 말문이 막혔습니다. 생각지도 못한 말이라서 무슨 말을 해야 할지 당황스러웠습니다. 이런 이야기는 노을이가 예상했던 말이 아니었습니다. 지각쟁이 한나라서, 오늘은 일찍 학교에 가려고 새벽에 나왔다는 말을 기대했습니다. 게다가 그런 심각한 말을 하고서도 한나의 표정에는 변화가 없었습니다. 웃지도 울지도, 화를 내지도 않는 표정 없는 얼굴이 슬퍼 보이기까지 했습니다. 그러고 보니 한나는 수업 시간에도 곧잘 희한한 대답을 하곤 했습니다. 선생님의 질문과는 상관없는 답을 내놓고도 아이들이 왜 웃는지 도통 모르겠다는 표정을 지었습니다. 사실 이런 모습 때문에 한나를 놀리는 아이들은 있어도, 한나를 싫어하는 아이들은 거의 없었습니다. 말간 얼굴로 엉뚱한 말을 할 때면 살짝 이상해 보이기도 하지만 한나가 없다면 다들 뭔가 빠진 것 같은 심심함을 느낄 정도였습니다.

한나는 짧은 머리에 옷도 남자애처럼 입고 피에로처럼 행동하지만 막상 얼굴을 보면 슬퍼 보이기도 했습니다. 한나를 볼 때면 간혹 왜 저렇게 행동할까 궁금했습니다. 그런데 이제 한나를 조금 알 것도 같았습니다. 사실은 노을이도 비슷한 생각을 하고 있었기 때문입니다. 있어도 그만, 없어도 그만인 아이. 한나뿐만 아니라 노을이 역시 자신을 그렇게 생각하고 있었습니다.

노을이는 자기 집을 떠올렸습니다. 노을이 집은 늘 어두운 곳입니다. 노을이가 불을 켜야만 환해지는 곳입니다. 닫힌 현관문을 열고, 엄마를 기다려야 하는 곳이 노을이 집입니다. 노을이 표정이 어두워졌습니다. 한나가 노을이를 불렀습니다.

"노을아! 무슨 생각해? 응?"

"어, 아니-"

"근데, 그때 왜 답 알려줬어?"

"응? 무슨?"

노을이가 알아듣지 못하자 한나는 지난번 노을이 표정을 그대로 흉내 냈습니다. 뻐끔거리던 입 모양을 그대로 따라 했습니다. 노을이가 웃음을 터트렸습니다.

"하하하— 어, 그거! 근데 그렇게 바보 같았어? 혹시 기분 나빴어?"

"헤헤—, 아니 너무너무 고마웠어. 참, 나 이것도 정말 물어보고 싶었는데……"

한나가 부끄러운 듯 잠시 뜸을 들였습니다.

"음—. 혹시 그날, 실내화 한 짝도 네가 갖다 놓은 거야?"

"어? 어떻게 알았어?"

노을이는 깜짝 놀랐습니다. 아무도 모르게 놓아두었는데 어떻게 알았을까 궁금했습니다. 한나는 그냥 알았다며 깔깔깔깔 큰소리로 웃었습니다. 한나는 아주 즐거워 보였습니다. 노을이가 수줍은 듯 빙긋이 웃자 한나 마음이 쿵 하고 설렜습니다. 한나도 노을이에게 뭔가 해주고 싶었습니다. 자기가 가지고 있는 것 중에 제일 좋은 게 뭘까 떠올려 보았습니다. 학교 가는 내내 한나는 고민했습니다. 그러다가 갑자기 걸음을 멈췄습니다.

제일 좋은 것—
노을이 소원이 이뤄지는 것—
소원을 들어주는 큰돌, 호수
아, 은빛돌멩이다!

한나 눈이 반짝반짝 빛이 났습니다. 호수의 이무기돌에 은빛돌멩이를 던지면 소원이 이뤄진다는 할머니 말도 떠올랐습니다. 한나는 고마운 노을이에게 세상에서 가장 멋진 선물을 해주고 싶었습니다. 한나는 노을이 소원을 꼭 이뤄주고 싶었습니다. 한나가 대뜸 노을이 팔을 당겼습니다.

"호수 구경 갈래? 아무도 모르는데- 너한테만 보여줄게!"

"호수? 호수가 어디 있어?"

"학교에- 학교에 있어!"

"학-교? 못 봤는데-"

"어, 그, 그 담쟁이덩굴 덮인 벽 알지?"

"그 높은 벽 말이야? 알지 그럼."

"그 벽 뒤편에 있어."

"그 뒤는 막혔다고 하던데-. 아무것도 없대-. 전학 올 때 들었어."

"아냐! 다 거짓말이야! 그 뒤쪽으로 가면, 호수도 있고-, 옛날 학교도 나와!"

한나는 신이 나서 숨도 쉬지 않고 빠르게 말했습니다. 노을이는 약간 떨떠름한 표정을 지었습니다.

"어, 호수, 호수 보러? 근데 우리 지금 학교 가야 하는데……. 호수 보러 갔다가는 지각할걸."

노을이는 가기 싫다는 마음을 은근히 비쳤습니다. 하지만 한나는 계속 졸랐습니다.

"있잖아, 사실은 말이야. 음- 이건 직접 봐야 하는데-. 호수에 큰돌이 있어. 작은 섬 같기도 하고- 뭐 그 정도로 큰데, 아무튼 그 큰돌을 맞추면 소원이 이뤄진다고 했어. 그 큰돌이 이무기라나, 뭐 뱀 같던데- 뭐 그렇대. 그리고 그 호수가- 진짜 예뻐!"

한나는 호수에, 이무기돌에, 소원 이야기까지 끝도 없이 이야기했습니다. 이무기돌에 은빛돌멩이를 던지면 소원이 이뤄진다며 열을 올렸습니다. 한나의 얼굴을 보니 거짓말은 아닌 것 같았습니다. 자꾸 듣다 보니 왠지 그럴듯하게 들렸습니다. 학교 안에 아무도 모르는 호수가 있다니 궁금하기도 했습니다. 게다가 소원까지 들어주는 이무기돌이라니 솔깃하기도 했습니다. 아직 등교하기에는 이른 시간이라 구경하고 학교에 가도 지각하지는 않을 것 같았습니다. 한참을 망설인 끝에 노을이가 고개를 끄덕였습니다.

"금방 보고 올 거지?"

"응!"

"그럼 가보자!"

"와-아, 신난다!"

제6화 초록색 물빛, 이무기호수

새벽녘이라 학교 앞에는 아무도 없었습니다. 거리에는 빗방울과 쓰레기만 흩날렸습니다. 흐린 새벽 풍경은 마치 이른 저녁의 어두움과 닮았습니다. 하늘은 검은 구름을 잔뜩 머금은 채 어두운 기운을 뿜어내고 있었습니다. 회색과 붉은빛이 하늘을 가득 메우며 회오리 구름 모양을 만들었습니다. 무섭도록 신비했습니다. 마치 해가 뜨기 직전의 하늘처럼, 검은빛과 회색빛 그리고 붉은빛이 뒤섞여 아름다우면서도 섬뜩한 장면을 만들어 냈습니다.

한나와 노을이는 하늘이 달라진 걸 몰랐습니다. 서로 얼굴을 마주 보며 도란도란 이야기를 나누다 보니 주변이 변한 것을 알아채지 못했습니다. 둘은 계획대로 호수로 향했습니다.

교문을 지나 운동장을 가로질러 학교 뒤쪽으로 향했습니다. 학교 건물 뒤편은 좀 특이했습니다. 학교 벽을 따라 담쟁이덩굴이 얼기설기 엮여 있기 때문입니다. 담쟁이덩굴이 워낙 무성해서 원래 있어야 할 벽은 보이지도 않았고, 그저 담쟁이덩굴과 이리저리 자라난 잡풀들로 가득 찼습니다. 아이들은 이 근처로는 발길도 하지 않았습니다. 담쟁이덩굴도 그렇지만 그것보다는 왠지 모를 서늘한 분위기에 이곳에 오는 것을 꺼렸습니다. 노을이도 전학 온 이후 처음 와 봤습니다. 잡풀과 담쟁이덩굴로 엉클어진 벽을 보니 노을이는 점점 불편해졌습니다. 깊은 한숨이 나왔습니다. 약속은 했지만 호수로 가는 길은 너무 험했습니다.

빽빽한 담쟁이덩굴 사이로 작은 개구멍이 보였습니다. 한나는 개구멍을 기어가다시피 했습니다. 노을이는 잠시 멈칫거리다가 한나 뒤를 따라 담쟁이덩굴 사이로 따라갔습니다. 혼자라면 절대 가지 않았을 길입니다. 한참을 쪼그리고 간 후에야 길다운 길이 나왔습니다. 설핏 한나를 보니 신나서 콩콩 뛰고 있었습니다. 노을이는 불편한 기색을 꾹 참았습니다.

'뭐, 수업 시작하기 전에 나올 텐데……. 별일 없을 거야.'

저만치 앞서가던 한나가 어딘가를 가리켰습니다.

"저거야! 저거-!"

"아--"

노을이는 한나가 가리키는 곳을 따라가다가 자그마하게 비명을 질렀습니다. 한나가 가리킨 곳은 낡고 으스스한 분위기의 호수였습니다. 호수 주위에는 잡풀이 우거져있었고 축축한 물이끼가 잔뜩 끼어 있었습니다. 호수 옆에는 언제 무너져도 하등 이상할 게 없는 낡은 학교가 있었습니다.

아이들이 없는 낡은 학교와 사람들에게 숨겨진 호수를 보니 살짝 두렵기까지 했습니다. 하지만 한나는 들뜬 표정이었습니다. 노을이를 호숫가로 이끌었습니다. 노을이는 영 내키지 않았습니다. 뭔가 무시무시한 게 나올 것 같았습니다. 살짝 소름도 돋았습니다. 초록색 물빛도 맘에 들지 않았고 호수에 있는 이상한 모양의 큰 돌덩이는 괴물 같아 보였습니다. 한나는 혼자 뛰어다니다가 뭔가에 걸렸는지 넘어질 뻔했습니다. 노을이가 놀라 달려갔습니다.

"한나야-, 조심해-. 어-? 여기 뭐가 있는 거 같은데-?"

"아, 아니, 아무것도-, 어? 이거 뭐지?"

한나가 넘어질 뻔한 곳에는 안내판이 부서져 있었습니다. 안내판 절반은 땅에 파묻혀 있었고 나머지 튀어나온 부분도 부서지기 일보 직전이었습니다. 한나는 안내판을 이리저리 차보다가 이내 호숫가로 가버렸습니다. 노을이는 나뭇가지를 가져다가 흙에 파묻힌 안내판을 빼냈습니다. 비가 와서 축축해진 땅은 곧잘 파헤쳐졌습니다. 안내판은 호수에 관한 것이었습니다. 비에 젖은 나뭇잎으로 안내판을 닦았습니다. 괴이하게 생긴 호수의 이름은 이무기호수였습니다.

이무기호수에 얽힌 전설

이무기호수는 아주 오래전부터 이곳에 있었다고 전해진다. 삼국유사에 따르면 이곳은 예로부터 큰뱀이 사는 곳이라고 한다. 얼핏 작은 호수로 보이지만 실제 측량하면 깊이와 넓이가 상당하다.

전설에 따르면 호수에는 큰뱀 이무기가 살고 있으며, 이무기로 인해 호수는 점점 더 깊고 넓어졌다고 한다. 폭우가 내리거나 천둥 번개가 칠 때면 이무기의 모습을 볼 수 있다고도 한다. 이무기에게 소원을 빌면 그 소원이 이루어진다고 해서 한때는 많은 이들이 이곳을 찾아왔다. 호수 중앙에 있는 뱀 모양의 돌섬을 돌뱀, 또는 이무기돌이라고도 부른다.

훗날 이 돌섬을 중심으로 신앙이 형성되었다. 당시에는 집집마다 이무기 형상의 돌을 성주신(집안의 수호신)처럼 가지고 있었다고 전해진다. 한때는 나라의 큰일이 일어나거나 흉한 사건이 생길 때마다 호수에 몰려와서 기도를 올렸다고도 한다. 하지만 호수에서 큰 행사를 할 때마다 아이들이 사라지자 사람들은 더는 호수를 찾지 않았고 호수로 통하는 길도 막았다고 한다.

노을이는 심각한 표정으로 안내판을 읽어 내려갔습니다. 나머지 부서진 부분을 찾기 위해 땅을 더 파보았지만 더는 없었습니다. 노을이가 다급하게 한나를 불렀습니다.

"한나야, 한나야!"

"응? 왜?"

한나는 신나서 들떠 있었습니다. 늘 혼자만 오던 호수에 노을이랑 같이 왔다는 거에 마음이 쿵쾅쿵쾅 뛰었습니다. 노을이는 사실 안내판을 보여주며 돌아가자고 할 참이었습니다. 하지만 웃고 있는 한나를 보니 주저되었습니다. 노을이 손에서 안내판이 쿵 하고 떨어졌습니다.

"어-, 그게- 한나야 너 여기 안 무서워?"

한나가 고개를 크게 흔들었습니다.

"헤헤, 뭐가 무서워? 난 여기에만 오면 기분이 너무 좋은데-"

"음-. 어, 근데 지금 뭐 해? 돌멩이는 왜 그렇게 많이 모았어?"

"물수제비 하려고-. 같이 하자! 근데 있잖아, 나 친구 데리고 온 거 네가 처음이다! 헤헤-"

친구라는 말에 노을이 기분이 좋아졌습니다. 한나는 누군가를 찾는 듯 두리번거렸습니다.

"어-, 오늘은 할머니 없네?"

"할머니? 너네 할머니 여기 사셔?"

"아니, 아니-"

한나가 갑자기 목소리를 낮췄습니다.

"지난번에 왔을 때 이상한 할머니를 만났어. 사실은 저기 호수에 있는 큰돌이 소원 이뤄주는 돌이라고, 그 할머니가 알려줬어."

노을이가 미심쩍은 표정을 지었습니다.

"아냐! 진짜 소원이 이뤄진대! 사실은 그래서 같이 오자고 한 거야-"

"……"

"지난번 도와줬잖아. 실내화도 그렇고, 수업 시간에도 그렇고-"

"그건-"

"나도 도와주고 싶어. 노을이 네 소원 이루는 거-"

"아니야, 한나야- 안 그래도 돼. 괜찮아, 그냥 내가 좋아서 한 거야."

좋아서 한 거란 말에 한나는 찡해졌습니다.

"있잖아 노을아, 이거 너 줄게!"

한나가 노을이 손에 뭔가를 쥐여 줬습니다. 노을이가 손을 펴보자 은빛의 동글납작한 돌멩이가 반짝거리고 있었습니다.

"어, 이건?"

"은빛돌멩이야! 선물이야!"

돌멩이 선물은 처음 받아 봤습니다. 노을이는 은빛돌멩이를 한참 보았습니다. 은빛돌멩이는 반짝반짝 빛을 내고 있었습니다. 한나가 쑥스러운 듯 미소를 지었습니다.

"그거- 그 할머니한테 두 개 받아서, 하나는 나 가지고 또 하나 는 너 준 거야."

"나 줘도 돼?"

"응! 할머니가 꼭 은빛돌멩이로 던지라고 했는데-, 뭐- 그냥 너 하나, 나 하나 그렇게 갖고 있자고-."

"……"

"노을아, 어서 저 이무기돌 맞추자! 그럼 소원 이뤄진다잖아!"

소원이란 말에 노을이 입가에 장난스러운 미소가 흘렀습니다. 한 나가 눈을 동그랗게 떴습니다.

"진짜야! 진짜로 이뤄진대! 그 할머니가 그랬어! 그 할머니 약간 마녀? 아니 괴물 같았나? 아냐- 진짜 호수 괴물인가? 어쨌든 좀 달랐어-."

"흠……."

"노을이 넌 소원 없어? 있잖아?"

노을이는 고개를 갸웃거리다가 이내 한나에게 되물었습니다.

"네 소원은 뭔데?"

한나가 발그레한 얼굴로 웃었습니다.

"헤헤~, 비밀이야. 나 먼저 한~다! 나중에 딴말하기 없기다!"

한나는 납작하고 평평한 돌멩이로 호수에 물수제비를 만들었습니다.

띵띵띵----풍

투두두- 둑

퍼퍼퍼- 퍼벅

하지만 한 번도 이무기돌까지 닿지 못했습니다. 돌멩이는 물결 위로 물수제비를 몇 번 만들다가 바로 호수에 빠져 버렸습니다. 한나가 한숨을 내쉬었습니다.

"한나야, 그만하자! 이제- 그만 던져!"

노을이 목소리에서 살짝 웃음기가 느껴지자 한나는 부끄러워졌습니다. 갑자기 한나도 하기 싫어졌습니다. 한나는 남은 돌멩이들을 다 바닥에 버렸습니다. 가방을 챙기려 걸음을 옮겼습니다. 그런데 바로 그 순간이었습니다. 옷을 툭툭 털고 돌아서는 그 순간, 한나 귀에 할머니의 웃음소리가 들렸습니다.

은빛돌멩이를 던져야지! 은빛돌멩이! 크크큭!

한나는 놀라서 주위를 두리번거렸습니다. 호수 주변에는 노을이 말고는 아무도 없었습니다. 한나가 다시 가방을 들자, 이번에는 호수 전체에서 할머니 목소리가 울려 퍼졌습니다.

은빛돌멩이를 던지라니까
은빛돌멩이만 이무기돌에 갈 수 있어
은빛돌멩이, 은빛돌멩이, 은빛돌멩이

'은빛돌멩이?'
한나는 자기도 모르게 은빛돌멩이를 꽉 쥐었습니다.
'어-, 이건 안 되는데-. 이건 노을이랑 둘만 나눠 가지기로 했는데…….'
한나는 은빛돌멩이를 간직하고 싶었습니다. 은빛돌멩이만큼은 던지고 싶지 않았습니다. 한나가 고개를 세게 흔들었습니다.

던지라니까! 네 소원이 이뤄져! 은빛돌멩이!
네 소원만 기억해! 은빛돌멩이! 소원!
은빛돌멩이! 소원! 은빛돌멩이! 소원! 소원! 소원……

한나가 머뭇거렸습니다. 노을이 목소리가 들렸습니다. 하지만 바로 옆에서 말하는데도 할머니 목소리와 섞여서 잘 안 들렸습니다.

한나야, 교실로 가자. 응?

네 소원 이뤄질 수 있어!

지금 가자— 응? 한나야?

얼른 던지라니까! 은빛돌멩이 던지기만 하면 돼!

한나가 얼빠진 표정으로 호수와 노을이를 번갈아 보았습니다. 한나는 어수선해 보였습니다. 그러다가 갑자기 중얼거렸습니다.

"소원만 이뤄진다면……"

한나는 호숫가로 곧장 달려들었습니다. 허리를 굽혀 온 정성을 다해 은빛돌멩이를 던졌습니다. 은빛돌멩이는 우아한 곡선을 만들어 내면서 한참이나 물 위를 담방담방 뛰었습니다. 마치 살아있는 듯 움직였습니다. 노을이는 은빛돌멩이에서 눈을 떼지 못했습니다.

---------------- 통 통 통 통 통 통! 스르륵—

은빛돌멩이는 이무기돌에 부딪쳐 튕겨 나갔습니다. 한나는 비명을 지르며 고개를 돌렸습니다. 그때 뭔가가 번쩍했습니다. 순간, 호수 위의 모든 것들이 멈췄습니다. 살짝씩 불어오던 바람도, 가늘게 흩뿌리던 빗방울도 움직이지 않았습니다. 은빛돌멩이는 물에 반쯤 잠긴 채 그 상태에 멈춰 있었습니다. 그때 갑자기 이무기돌에서 긴 혀가 나와 은빛돌멩이를 확 낚아챘습니다. 은빛돌멩이는 풀썩거리다 이무기의 벌어진 입 안으로 쑥 들어갔습니다. 순식간에 벌어진

일이었습니다. 노을이는 너무 놀라 떠듬거리며 한나를 불렀습니다.

"아─하, 하, 하 한나야, 한─나야! 저거! 저거!"

한나가 등을 돌린 채 조그맣게 물었습니다.

"또 물속으로 떨어졌지? 하, 아 ─, 짜증 나!"

"아냐, 아냐! 저기, 저기에, 은빛돌멩이가─"

사실 아까부터 노을이는 뭐에 홀린 것처럼 이무기돌을 보고 있었습니다. 분명 돌덩어리인데도 불구하고 마치 살아있는 듯, 노을이를 노려보는 것처럼 느껴졌기 때문입니다. 호수를 처음 찾았을 때 느꼈던 불편하고 불안한 마음이 이무기돌 앞에서 점점 커지는 느낌이었습니다. 마치 이무기돌과 싸움이라도 한 듯 노을이는 힘이 점점 빠졌습니다. 하지만 한나는 달랐습니다. 이무기돌에 은빛돌멩이가 들어있는 걸 보고 좋아서 길길이 날뛰었습니다. 좋아서 어쩔 줄 몰라 했습니다. 한나가 고래고래 소리를 질렀습니다.

"봤어? 봤어? 우─와, 우─ 와, 우─ 와─, 내 소원! 아! 할머니, 고맙습니다! 우─와!"

한나는 흥분해서 시끄럽게 떠들어 댔습니다. 하지만 노을이는 기분이 이상했습니다. 방금 자신이 잘못 본 게 아닌가 생각해 보았습니다. 하지만 아무리 생각해도 긴 혀가 나와서 은빛돌멩이를 잡아당긴 건 사실이었습니다.

"하, 한, 한나야─ 저, 저 이무기돌에서─ 혀가……"

"노을아 봤어? 봤지! 와─ 나 소원 이뤄진다!"

한나는 소원이 이뤄질 거란 기대로 한껏 들떠 있었습니다. 이러면 한나에게 얘기해봤자 믿지도 않을 게 분명했습니다. 노을이는 빨리 이곳을 떠나고 싶었습니다.

"어-, 어-, 그런데 소원은 이뤄졌어?"

"글쎄~, 짜~짠!"

한나는 대답 대신 한 바퀴 빙글 돌았습니다. 한나는 두근거렸습니다. 늘 꿈꿨지만 단 한 번도 어떤 모습일지 그려지지 않았습니다. 한나가 두 눈을 꼭 감은 채 숨을 골랐습니다.

한 번, 두 번, 세 번, ……, 열 번

한나는 떨리는 손으로 머리카락을 만져보다가 다시 눈을 감았다 떴습니다. 처음에는 살짝 흥분한 얼굴이었는데, 점점 표정이 일그러졌습니다. 나중에는 얼굴이 빨개질 정도로 화를 내다가 급기야 짜증을 부렸습니다.

"아니, 아니, 이게 뭐야! 안 이뤄진 거야? 뭐야?"

한나가 갑자기 화를 내자 노을이는 이런저런 말로 한나를 달랬습니다.

"좀 기다려 봐. 집에 가면 엄마가 선물 사 놓으셨겠지."

"아니야! 내 소원은 엄마가 들어줄 수 있는 게 아니야! 내 소원은……"

한나가 울먹거리자 노을이는 당황스러웠습니다.

"어-, 어- 너 진짜 우니? 어, 한나야-"

한나는 입을 앙다물고 씩씩거렸습니다.

"내가 바보 같았어. 그 할머니 말만 믿고……. 난 진짠 줄 알았어. 다 거짓말이야! 다들 날 속이기만 해! 엄마 말이 맞아! 내가 바보야-! 내가-! 처음부터 이상했는데……. 소원 어쩌고 할 때부터 알아봤어야 했어. 난 바보 멍텅구리야! 노을아, 난 진짜 소원이 이뤄질 줄 알았어. 진짜 이뤄질 줄 알았다고-"

한나 눈에 눈물이 그렁그렁 맺혔습니다. 금방이라도 눈물이 툭 떨어질 듯이 보였습니다. 하지만 노을이는 오히려 다행이라 여겼습니다. 이제 호수를 떠날 구실이 분명히 생겼기 때문입니다. 노을이는 홀가분한 마음으로 한나 가방부터 챙겼습니다.

"그만 가자. 더 있으면 지각할 거 같아."

"……"

"안 갈 거야?"

"진짜 이뤄진다고 했는데……."

한나는 여전히 투덜거렸습니다. 한나를 재촉하다가 노을이가 앞서 걸었습니다. 그런데 뭔가 달라졌습니다. 앞에 보이는 풍경이 점점 흐릿하게 보였습니다. 눈을 비비고 다시 봐도 잘 보이지 않았습니다. 뒤를 돌아보았습니다. 한나 뒤의 모든 것이 은빛으로 변하고 있었습니다.

처음 이곳에 왔을 때는 모든 것이 초록색이었습니다. 호수도 초록색, 나무도 초록색, 하늘마저 흐릿한 청회색을 띠었는데 지금은 달라졌습니다.

호수 주변은 온통 은빛으로 바뀌고 있었습니다. 나뭇잎 하나, 서늘한 공기 한 줌, 빗방울 한두 방울이 점차로 모습을 달리하고 있었습니다. 노을이는 알아차렸습니다. 정확하게 뭔지는 모르겠지만,

아주 다른 곳에 와 있다는 것을 깨달았습니다. 서늘한 공기와 스산한 바람이 기분 나쁘게 불어오고 있었습니다.

숨을 조이는 듯한 은빛 가루가 사방에서 몰려들었습니다. 은빛 가루는 자그마한 공처럼 뭉치기 시작했습니다. 호수를 가로질러 굴러 왔습니다. 주먹만 하던 은빛 물체는 물결 위를 빙글빙글 구르면서 점점 커졌습니다. 눈뭉치가 무시무시한 눈 폭풍으로 바뀌듯이, 은빛 물체도 점점 커다랗게 바뀌고 있었습니다. 한나와 노을이는 얼어붙은 듯 그 자리에서 꼼짝도 하지 못했습니다.

주먹만 하던 은빛 물체는 뱀 모양을 갖춰가며 학교 건물만큼 커졌습니다. 그리고 한나와 노을이 앞에 떡하니 버티고 섰습니다. 둘은 비명을 질러 댔습니다. 도망치려 했지만 은빛 물체는 한나와 노을이 주위를 포위하듯 막았습니다. 아무것도 보이지 않았습니다. 하늘에서 천둥 번개가 잇달아 치기 시작했습니다. 번개가 칠 때마다 은빛과 검은빛이 묘하게 섞여 있었습니다. 순식간에 온 세상은 은빛을 띤 어두움으로 바뀌어 버렸습니다. 한나와 노을이는 찌르는 듯한 은빛에 그만 두 눈을 감아 버렸습니다.

제7화 감춰진 이야기

"한나야, 한나야— 눈 떠 봐!"

"으응, 어? 여기 어디야?"

한나가 눈을 떴습니다. 눈앞에 보이는 풍경이 낯설었습니다. 조금 전까지 먹구름이 잔뜩 낀 호숫가에 있었습니다. 하지만 지금 이곳은 빗방울 하나 보이지 않았습니다. 대신 은빛 가루가 쉴새 없이 뿌려댔습니다. 모든 것이 흐릿하게 보였습니다. 둘은 손을 꼭 잡았습니다. 얼핏 어디선가 본 듯한 낯익은 건물이 보였습니다.

"노을아, 저기— 저기에 뭐가 있어!"

"어, 어— 저 건물 어디서 본 거 같은데……. 어디서 본 거 같지 않아?"

"아 악! 저기는— 세상초등학교잖아! 아까 호수 근처에 있던—. 그

옛날 학교……. 어- 근데 이상해. 원래는 엄청나게 낡고 지저분했는데-. 저 학교는 깨끗하잖아! 어떻게 된 거지?"

둘은 무서웠지만 용기를 내 학교로 향했습니다. 교정에 들어서니 어디선가 풍금 소리가 들려왔습니다. 학교는 깨끗했습니다. 둘은 삐걱거리는 나무 계단을 밟으며 2층으로 올라갔습니다. 교실에서 두런두런 이야기 소리가 들렸습니다. 한나가 조심스럽게 교실 창가로 다가갔습니다. 교실 안을 보려고 발뒤꿈치를 들었습니다. 예닐곱 명이 앉아 있었습니다. 그때 한 아이가 한나와 눈이 마주쳤습니다.

"으아—악!"

한나가 소리를 지르자 교실에 있던 아이들이 우르르 복도로 나왔습니다.

"어머-, 새로 온 애들이다!"

"어떻게 왔지?"

아이들은 한나와 노을이가 반가운 듯 웅성거렸습니다.

"어쨌든 들어왔다면 다시 나갈 수도 있다는 거지?"

"맞다! 맞아!"

"그럼, 우리도 나갈 수 있겠네!"

"우 --- 와!"

아이들은 신나서 소리를 질렀지만 조금 이상했습니다. 앞에 서 있던 네 명의 형체가 온전히 갖춰지지 않았습니다. 뒤에 서 있는 세 명만 또렷하게 보였습니다. 한나와 노을이를 보고 환호성을 지르던 네 명의 아이들은 곧 연기처럼 사라졌습니다. 나머지 아이들은 그 모습이 익숙한지 놀라지도 않았습니다. 대신 이것저것 물어댔습니다.

"여기로 어떻게 들어왔어?"

"우리 도와주러 온 거 맞지?"

"너희들이 들어온 그 길로 다시 나가면 되겠다!"

"얼마나 기다렸는데--, 왜 이렇게 늦었어?"

한나와 노을이는 놀라 덜덜 떨기만 했습니다. 반쯤은 얼이 나가 있었습니다. 노을이가 겨우 용기를 내 물어보았습니다.

"너희들-, 혹시 귀신이야?"

"귀신? 우하하하- 아 니- 야!"

"우리 귀신 아니야! 죽지도 않았는데-"

"그럼 방금 사라진 애들은?"

"아까 걔들은……. 구, 구슬-"

한나가 끼어들었습니다.

"구슬? 무슨 구슬? 근데 너희들 왜 여기 있어? 여긴 문 닫은 학교인데?"

"문 닫은 학교?"

"응! 여긴 그냥 버려진 학교야! 애들은 다 새로 지은 학교 다녀!"

아이들이 술렁거렸습니다.

"우리 여기 쭉 있었는데-, 그게 무슨 소리야?"

"학교가 문을 닫았다고? 아무도 안 온다고?"

"……"

한나가 한 번 더 말했습니다.

"진짜야. 여긴 아무도 안 와. 아무도 몰라, 여기 학교가 있다는 것도-"

아이들은 놀라 아무 대꾸도 하지 않았습니다. 한나가 다시 아이들에게 캐물었습니다.

"근데 여기 진짜 호수 근처에 있던 그 학교- 맞아? 옛날 세상초등학교?"

"초등학교는 뭐야? 국민- 학교가 아니고?"

아직껏 한마디도 하지 않던 남자애가 인상을 쓰며 말했습니다. 노을이가 초등학교 예전 명칭이 '국민학교'라고 말해줬습니다. 아이들 눈빛이 심하게 흔들렸습니다.

한참이 지났습니다. 개 중에 키가 제일 큰 여자아이 선미가 나서서 자기들 소개를 먼저 했습니다. 까만 안경을 쓴 남자아이는 가온이, 키가 작은 여자아이는 지선이라고 했습니다. 선미가 진지하게 물었습니다.

"여기는 호수 근처에 있던 학교가 맞아. 네가 봤던 그 '옛날' 학교-, 흠, 어쨌든- 그래, 그 학교가 맞아. 그런데 너희들은 어디에서 왔어? 네 말대로라면 여기는 아무도 모르는, 버려진 학곤데 어떻게 여기까지 오게 된 거야?"

한나는 잠시 노을이 눈치를 살피다가 지금까지 있었던 일들을 설명했습니다. 오래된 학교로 들어가는 샛길을 발견했던 것부터 호수에서 할머니를 만났던 일, 그리고 이무기돌에 돌을 던진 것까지 이야기했습니다. 그때 가온이가 혼잣말로 중얼거렸습니다.

"할머니라고-"

그러자 지선이가 빠르게 끼어들었습니다.

"한나야- 네가 던졌어? 이무기돌까지? 물수제비로 거기까지 가다니-, 정말 잘하네-. 와, 가온아, 너만큼 잘하나 봐!"

한나가 슬쩍 미소를 지었습니다. 그러자 노을이가 뭔가 말을 꺼내려는 듯 주저주저했습니다.

"저, 그게-, 이무기돌까지 못 갔어. 은빛돌멩이가 이무기돌에 부딪혀서 물속에 빠질 뻔했는데- 갑자기 모든 게 멈췄어. 그때 이무기돌에서 긴 혀가 나와서 은빛돌멩이를 들어 올렸어."

한나는 소스라치게 놀랐습니다. 하지만 선미와 지선이 가온이 셋은 놀라지 않았습니다. 오히려 서로 눈빛을 주고받으며 고개를 끄덕였습니다. 가온이가 어렵게 입을 열었습니다.

"네가 만났다던 그 할머니는 아마 내가 만났던 그 할머니일 거야."

"뭐-? 아니야-, 그럼 그 할머니 나이가……. 아니야, 좀 괴상하기는 해도……."

한나가 고개를 흔들자 지선이가 바로 반박했습니다.

"그 할머니는 사람이 아니야. 그냥 그렇게 보일 뿐이야. 호숫가에서는 자기 맘대로 변할 수 있어. 그 할머니는 그냥 이무기가 아니라, 진짜 괴물이야!"

그제야 한나는 은빛돌멩이가 갑자기 두 개로 바뀌었던 게 떠올랐습니다. 그때는 은빛돌멩이에 정신이 팔려 잊어버렸는데 지금 생각하니 이상했습니다. 노을이가 고개를 갸웃거렸습니다.

"설마? 마법사도 아니고-, 뱀이라고? 그것도 이무기라고?"

선미가 진지하게 설명했습니다.

"이무기는 자기가 원하는 내로 모습을 바꿔. 진짜 모습은 은빛을 띠는 큰뱀이야. 아무도 믿지 않았어. 나중에 그 괴물이 이무기로 변하는 걸 직접 보고 나서야 다들 믿었어. 아마 이 땅을 벗어나면 또 다른 모습으로 바꿀 거야."

가온이가 숨죽여 말했습니다.

"여기는 이무기가 다스리는 땅이야. 언제 어디서 나타날지 아무도 몰라. 아마 너희도 우리처럼 납치된 거 같아. 세상 사람들은 몰라, 우리가 여기 갇혀 있다는 걸. 아마 이곳은 지도에도 없는 땅일 거야. 보이지는 않지만, 분명히 존재하는 땅. 사람들에게 감춰진 땅이야, 여기는─. 아마 바깥세상의 그림자 같은 곳이 아닐까? 호수는 자기에게 비친 모든 것을 그대로 만들어 내잖아! 진짜 같지만 사실은 가짜인 셈이지. 여기가 바로 그 가짜 세상이야. 우리는 가짜 세상에 갇힌 진짜 아이들이지."

한나와 노을이는 가온이 얘기에 충격을 받았습니다. 한나는 문득 오빠들이 떠들어대던 호수와 학교, 그리고 사라진 아이들 이야기가 떠올랐습니다. 한나가 조심스럽게 그 이야기를 꺼냈습니다. 사라진 아이들을 찾기 위해 애를 썼지만 결국 찾지 못했다는 이야기입니다. 도무지 애를 써도 찾을 수 없게 되자, 사람들은 기억창고에서 아이들을 지웠다고 했습니다. 세상국민학교도, 이무기호수도, 아무도 못 찾게 꼭꼭 숨겨 두었다고 했습니다. 아이를 잃어버린 가족들은 뿔뿔이 흩어졌고 아이들의 기록은 세상 어디에도 없다고 했습니다. 세상에서 자신들이 지워졌다는 얘기를 듣자 다들 구슬피 울었습니다. 아이들은 자기들의 이야기가 괴담처럼 떠돈다는 것을 알고 울

분을 터트렸습니다. 가온이가 씩씩대며 화를 냈습니다.

"그랬구나! 그래서 그랬어! 그래서 다들 사라졌네……. 너희들 봤잖아? 아까 복도에서 애들 사라진 거! 우리는 사람들의 기억에서 잊히면 그대로 사라지게 된다고 이무기가 그랬어. 처음에 이곳에 왔을 때 우리는 곧 집으로 가겠지 하고 걱정도 하지 않았어! 금방 구하러 오겠지, 설마 울 가족이 날 버릴까……. 그런데 이무기 말이 맞았어! 그놈이 이긴 거야. 이무기 말대로 우리 모두 그 구슬에 갇힐 거야. 죽지도 살지도 않은 상태에서-."

노을이는 아직도 무슨 말인지 이해가 되지 않았습니다.

"기억에서 잊히면 사라진다는 게 무슨 뜻이야? 이무기 구슬은 또 뭐야? 뭐가 어떻게 된다는 거야?"

선미가 찬찬히 설명해줬습니다.

"노을아, 사람들이 우리를 기억에서 지워 버리면 우리는 더는 버틸 수가 없어. 그쪽에서 기억한다면 우리는 온전하겠지만-, 우리를 부끄러워하고 기억에서 지워 버리려고 한다면, 우리는 여기서 버티지 못해. 우리는 다른 곳으로 옮겨가게 되어 있어! 우리는 아직 살아있어서 천국에도 갈 수 없어! 우리를 원하는 쪽은 이무기밖에 없단 말이야! 결국에는 이무기 구슬 속으로 빨려 들어가겠지. 이곳에 왔을 때 다들 온전한 몸이었어. 그러다가 어느 순간 몇몇 아이들이 조금씩 옅어졌어. 우리가 알지 못하는 사이에 팔이, 다리가 사라지는 거야. 좀 전에 너희들이 본 그대로야! 아이들이 점점 사라졌어. 처음에는 한 명, 그리고 서너 명, 결국 우리 셋만 남았어. 하지만 결국 우리도 사라질 거고, 그리고 너희도- 사라질 거야-."

다들 말이 없어졌습니다. 여기저기 쪼그리고 앉은 채 생각에 잠겼습니다. 한나가 아이들을 둘러보며 물었습니다.

"은빛돌멩이로 이무기돌을 맞춘 거랑, 이곳에 납치된 거랑 무슨 상관이야? 이무기돌을 맞춰야 이곳에 들어온다는 거야? 그럼 너희들은 어떻게 오게 됐어?"

지선이가 한숨을 깊게 내쉬었습니다. 그리고 이내 담담하게 이야기했습니다.

"점점 기억이 잘 안 나……. 잊어버리는 게 기억하는 거보다 나아서 그런 건지-. 어쨌든 생각나는 대로 이야기할게. 그날은 날씨가 아주 흐렸어. 먹구름만 잔뜩 끼고 비는 오지 않았어. 그냥 막 무시무시한 일이 일어날 것만 같은 그런 느낌이었지. 하늘빛이 어둡다가- 밝았다가, 붉었다가- 노란빛이었다가, 아무튼 그랬던 거 같아. 그래도 우리는 즐거웠어. 게임도 하고, 그냥 많이 웃고 뛰고 그랬어. 쉬는 시간이면 우리 반 아이들 모두 호숫가로 달려갔어. 호숫가에서 돌도 던지고, 누가 누가 멀리 던지나 놀이도 하고-. 물수제비를 누가 제일 잘하나 하면서 깔깔거렸지. 그때는 친구들과 함께라는 게 너무 좋았어……."

그때가 떠오르는지 지선이의 말이 점점 느려지다가 끊어졌습니다. 가온이가 그 뒤를 이었습니다.

"나는 소리를 들었어-. '소원을 들어줄게'라고-. 그 말이 호수 전체에서 울려 퍼졌어. 나는 어디서 들리는 소린지 몰라 이리저리 왔다 갔다 갈피를 못 잡았어. 그때 어디선가 할머니가 나타났어. 한나네가 만난 그 할머니가 나한테도 나타났었어. 마음속으로는 피해야지 하는 생각이 들었지만, 이미 내 손에는 은빛돌멩이가 들려 있었어. 반짝이는 은빛돌멩이로 이무기돌을 맞추면 소원이 이뤄진다고……, 할머니는 내게 권했어-. 네 소원 꼭 이뤄진다고-."

거기까지 말한 가온이가 잠시 머뭇거렸습니다. 선미가 가온이를 토닥여줬습니다. 가온이가 잠시 마음을 추스르다가 다시 말을 이어나갔습니다.

"나한테는 아무도 모르는 소원이 있었어. 내 마음속으로만 꿈꾸던 소원이야, 아무도 몰랐지-. 부자가 되는 거야. 난 아빠가 없어. 그래서 엄마는 늘 일만 하셨어. 난 우리집이 부잣집이었음하고 늘 기도했지. 우리가 부자가 된다면 엄마는 일하지 않아도 되고, 내 동생들도 배고프다고 울지 않을 테니-. 우리도 크고 좋은 집에서 살 수 있을 텐데-. 난 꼭 소원을 이루고 싶었어. 그래서 소원을 들어준다는 말에 너무 기뻤어. 그날 분위기는 무서웠지만, 드디어 내 기도를 들어주시는구나, 진짜 소원이 이뤄지는구나. 난 소원이 이뤄질 줄 알았어! 그래서 그 할머니가 진짜 고마웠어. 난 정말 온 정성을 다해 은빛돌멩이를 던졌어. 난 은빛돌멩이를 잡고 간절히 기도했어. 제발 부자가 되게 해달라고-. 부자가 되면 엄마가 얼마나 좋아하실까 생각을 하니 갑자기 신이 났어! 난 진짜 소원이 이뤄질 줄 알았어. 그렇게만 생각했어. 엄마가 날 얼마나 자랑스러워하실까 하고-. 난 이렇게 될 줄 몰랐어……. 내가 은빛돌멩이를 던지자마자 사방이 조용해지는 거야. 뭔가 다른 세상으로 온 것처럼 주위가 온통 은빛으로 변하는 거야. 우리는 순간 멈췄어. 다들 서로 눈치만 살폈지. 무슨 일이 일어난 것 같기는 한데 뭔지는 모르는 그런 기분. 하지만 친구들이 그대로 있어서 별일 아닌 줄 알았어. 다들 얼떨떨했지만 교실로 돌아가면 괜찮을 거라 생각했지. 근데 주위가 점점 어두워지니까 좀 이상하다는 생각이 들었어. 그때 이상한 은빛 괴물 이무기가 나타났어. 그다음은 모르겠어─. 기억이 잘 안 나. 그냥 너희가 보는 이곳에서 그때부터 지금까지……. 사실은 다 나 때문이야. 나 때문에……."

가온이 어깨가 떨렸습니다. 지선이가 아니라고 크게 소리를 높였습니다.

"네 탓이 아니야! 너나 나나, 우리 모두 함정에 빠진 거야!"

선미도 가온이를 달랬습니다.

"가온아, 이무기는 네가 안 했으면 나나, 지선이나 아니면 다른 애도 똑같이 하게 만들었을 거야. 네 잘못이 아니야."

하지만 가온이는 자책감에 고통스러워했습니다. 선미나 지선이의 위로에도 마음이 진정되지 않았습니다.

"한나야, 노을아! 난 진짜 몰랐어! 여기로 통하는 문이 은빛돌멩이를 통해서만 열린다는 걸, 진짜 몰랐어! 여기에 갇히고 나서야 알았어! 마음 가득 소원을 품고 은빛돌멩이를 던져야 이무기나라의 문이 열린다는 걸, 몰랐어─! 속았어! 속은─거야! 다─ 나 때문에. 모두 다! 속은 거야!"

가온이가 털썩 주저앉았습니다. 지선이가 분통을 터트렸습니다. "그랬어도─, 아무리 우리가 속았어도─, 우리를 구해주러 왔어야지! 우리를 찾으러 왔어야지! 무슨 수를 써서라도! 그게 가족이지! 왜, 왜, 다 잊어버렸냐고! 왜 아무도 안 구해줬어? 왜? 왜?"

다들 눈물이 맺혔습니다. 선미가 지난 시간을 이야기해 주었습니다.

"처음에는 다들 엄마, 아빠만 찾았어. 하지만 아무리 기다려도 도와주러 오는 사람이 없자 다들 실망했어. 말하는 애들은 가온이, 지선이 나밖에 없었어. 다들 서로 이름마저 안 불렀어. 애들은 희망을 잃고 마음의 문을 닫아 버렸어. 고통스러워하고 우울해하던 아이들은 하나둘씩 사라져 갔어. 우리는 그렇게 되지 않기 위해 늘 이름을 불렀어. 가온이, 지선이 이렇게 이름을 부르며 서로 기도했지. 사라지지 않기 위해서, 잊히지 않기 위해서 몸부림을 쳤어. 하지만 이제 다 부질없다는 생각이 들어. 돌아갈 수도 없고, 돌아가고 싶지도 않고-. 구슬에 들어가든지 말든지 될 대로 되라는 심정이야. 어차피 점점⋯⋯. 다들 잊히겠지⋯⋯. 이렇게 바락바락 이름 부르고 기도하는 게 다 무슨 소용이야? 이무기 구슬 속으로 빨려 들어간 애들이나 우리나, 아니 너희들도-."

선미가 자포자기한 심정을 토해내자 지선이가 울먹거렸습니다.

"우리 이무기땅을 벗어날 수 있을까? 떠날 수 있을까? 난 떠나고 싶어! 너무너무! 떠날 수 있겠지?"

가온이가 슬픈 목소리로 말했습니다.

"그런 기적이 일어날까⋯⋯?"

제8화 이무기나라

　호수를 처음 발견한 사람은 나그네였습니다. 그는 어두운 숲길을 헤매다가 큰 나무 아래 잠을 청했습니다. 주위는 고요했고, 동물들의 흔적은 느껴지지 않았습니다.

　단잠을 자던 나그네는 새벽빛에 눈을 떴습니다. 그리고 깜짝 놀랐습니다. 눈앞의 풍경은 마치 다른 세상 같았습니다. 햇빛을 받은 호수는 반짝반짝 빛을 발했습니다. 호수 주위는 마치 누군가 가꾼 듯이 아름다웠습니다.

　호수 중앙에 있는 돌섬은 큰뱀을 형상화한 것처럼 웅장하고 멋들어져 보였습니다. 나그네는 잠시 넋을 잃었습니다. 자기도 모르게 두어 번 절까지 했습니다. 나그네의 절을 받은 호수는 더더욱 빛을 발했습니다. 호수는 마치 살아있는 생명체처럼 은빛을 발했고, 숨을

쉬었습니다.

나그네는 어디를 가든지 호수 이야기를 했습니다. 사람들은 나그네가 호수 이야기를 할 때마다 그에게 먹거리와 잠자리를 제공했습니다. 어느샌가 나그네는 그가 봤던 호수의 모습보다 더 과장되게 설명하기 시작했습니다. 사람들의 호기심이 떨어질 즈음에는 이야깃거리를 더 보탰습니다.

"그 신비한 호수는 사람들의 소원을 들어줘-!"

"부자가 되고 싶으면 호수의 큰돌, 그 큰 돌뱀한테 한번 빌어 보슈! 내가 그렇게 해서 부자 된 사람을 여럿 알아!"

"병이 낫고 싶음 가보라니까-!"

"호수에 큰뱀한테 빌어서, 아들 낳았다던데~"

그는 점점 더 심한 거짓말을 했고, 사람들은 그럴 때마다 호수 이야기에 열광했습니다. 어느새 호수는 사람들의 입에서 입으로 전해졌습니다. 사람들은 호수를 직접 찾아가기 시작했습니다. 호수에서 물고기도 잡고 호숫가를 거닐기도 했습니다. 호수에 있는 돌섬이 진짜 뱀 같다는 말도 많이 했습니다. 아주 큰뱀, 이무기 같다는 얘기도 많이들 했습니다.

그러던 것이 언젠가부터 호수 근처에만 가면 작은 동물들이 사라지기 시작했습니다. 그래서 다들 지나가는 말로 호수 밑바닥에는 큰뱀, 이무기가 산다고 떠들어 댔습니다. 이무기가 아이나 동물이나 할 것 없이 무조건 잡아먹는다는 우스갯소리도 했습니다.

이무기……, 이무기……, 이무기……

이무기를 직접 봤다는 사람도 있었고, 용이 되어 승천했다는 사람도 있었습니다. 어떤 사람은 큰 구렁이를 직접 봤다고 거짓말도 지어냈습니다. 사람들은 재미 삼아서 호수의 돌섬을 이무기돌이라고 불렀습니다. 아이들은 호수에만 오면 물수제비를 하느라 정신이 없었습니다. 다들 장난삼아 돌을 던졌는데 돌멩이는 이무기돌 근처에만 맴돌았습니다.

이무기돌이 유명해지자, 호기심 많은 몇몇 사람들이 몰려들기 시작했습니다. 호수에 있는 이무기돌에 절을 하고 기도를 해서 아이도 얻고, 돈도 벌고, 병도 나았다는 사람이 속속 생겨났습니다. 소문이 나자 사람들은 줄을 서서 이무기돌을 찾아왔습니다. 그리고 그 앞에서 절도 하고 기도도 하며, 큰 제사까지 지냈습니다.

사실 호수 밑바닥에는 실제로 이무기가 살고 있었습니다. 이무기는 승천할 기회를 얻지 못해 시름시름 앓고 있었습니다. 하지만 나그네의 절을 받은 그날 새벽, 뭔가가 바뀌었다는 것을 느꼈습니다. 이무기는 자신의 몸이 조금씩 살아나는 걸 알아차렸습니다. 사람들의 관심이 모이면 모일수록 이무기는 점점 더 젊어졌습니다. 특히나 사람들의 기도와 마음을 받기 시작하자 호수 밑바닥에 숨어 있던 이무기는 점점 더 강해졌습니다. 이무기는 더 강해지고 싶었습니다. 더 힘이 세지면 이제 용을 부러워하지 않아도 될 것 같았습니다.

이무기는 세상에서 가장 강력한 에너지가 무엇인지 궁금했습니다. 그것만 손에 쥔다면 세상을 다 가질 수 있을 거라 확신했습니다. 이무기는 오랜 시간 동안 호수 밑바닥, 아주 깊은 곳에서 똬리를 틀고 깊은 생각에 잠겼습니다. 그리고 깨달음을 얻었습니다.

결코 여의주가 될 수 없는 이무기의 구슬에-, 세상에서 가장 강력한 에너지를 넣을 수만 있다면, 진짜 용들이 가진 여의주보다 더 강한 힘을 갖게 되리라는 걸 깨달았습니다.

"세상에서 가장 힘센 동물은 인간인데⋯⋯. 그렇다면-, 인간 중에서도 가장 순수하고 강력한 에너지를 가진⋯⋯. 흠-, 흠-, 흠-. 아! 맞다! 아이들이다! 아이들! 그렇지! 아이들을 꾀어서 구슬 안에 넣을 수만 있다면-!"

가장 강력하고 순수한 에너지를 가진 아이들을 꾀어 이무기의 구슬에 넣는다면, 이 세상의 진정한 왕이 되리라는 걸 이무기는 알아 버렸습니다. 이무기는 기쁨에 환호성을 질렀습니다. 온몸을 뒤틀었습니다. 그때마다 호수에는 용오름 현상이 일어났습니다. 사람들은 더더욱 이무기에게 열광했습니다.

이무기는 순수한 아이들의 에너지를 이용해 아무도 넘볼 수 없는 힘을 가지고 싶었습니다. 자신의 힘을 강력하게 만들기 위해서 아이들을 납치할 계획을 세웠습니다. 아이들의 순수한 마음은 세상을 밝게 만들지만 그 반대의 경우는 세상을 파괴할 수 있을 거라 여겼습니다. 이무기는 아이들의 화난 마음을 가지고 싶었습니다. 간절히 원하고 바라지만 절대로 이루어지지 않는 것들 때문에 생기는 분노, 슬픔, 급기야 파괴하고 싶은 욕망까지, 다 갖고 싶었습니다. 그걸 이무기의 구슬에 넣어 세상을 파괴할 무시무시한 무기로 만들 작정이었습니다.

이무기는 외롭고 슬픈 아이, 가족의 사랑을 받지 못하는 아이, 사랑받기를 간절히 원하는 아이, 혼자만의 소원을 가진 아이를 꼬드겨 그 마음속으로 들어갔습니다. 아이들에게 넌지시 소원을 빌어보라 말을 건넸습니다. 소원을 들어줄 거란 희망을 던졌습니다. 아이가 이무기에게 소원을 비는 순간 납치할 계획을 세웠습니다.

하지만 한가지 문제가 생겼습니다. 이무기나라를 여는 힘은 이무기만 가지고 있기 때문입니다. 그 누구도 이무기 없이 이무기나라로 들어올 수 없었습니다. 이무기는 고민했습니다. 어떻게 하면 아이들을 이무기나라로 들어오게 할 수 있을지 오랜 시간 애를 썼습니다. 이무기는 위험을 감수하기로 했습니다.

이무기는 자신의 혼을 담은 분신을 만들기 위해서 자기 살점을 살짝살짝 뜯어냈습니다. 눈이 부시게 반짝이는 은빛 살점을 떼어내서 은빛돌멩이를 만들었습니다. 아이들이 은빛돌멩이를 들고 소원을 간절히 빌 때, 은빛돌멩이가 이무기에게 답삭 달라붙을 수 있도록 해놓았습니다. 아이들의 간절한 소원이 은빛돌멩이에게 담기고, 그것을 이무기가 낚아채기만 한다면 이무기나라의 문은 활짝 열릴 것입니다. 하지만 이 일은 위험하기도 했습니다. 아이들은 어른들과 달리 아직 여리고 순수한 마음을 갖고 있기 때문입니다. 납치된 아이들이 품는 분노와 증오는 이무기나라를 강력하게 만들지만, 만약 아이들이 그 반대의 마음을 가진다면 이무기나라는 무너져 내릴 수 있기 때문입니다. 이런 이유로 이무기는 끝까지 은빛돌멩이 만드는 일을 주저했습니다.

이무기는 은빛돌멩이를 만들자마자 호수를 찾는 아이들을 살펴보았습니다. 가족이나 친구와 함께 온 아이들보다 혼자이거나, 우는 아이, 슬픔을 참는 아이, 화내는 아이, 외로운 아이를 찾아다녔습니다. 아이 마음에 넌지시 들어가 속내를 확인했습니다. 혼자인 아이에게는 반짝이는 은빛돌멩이를 줬습니다. 아이들은 신비로운 은빛에 마음을 빼앗겼습니다. 굳이 소원을 빌 마음이 없던 아이들도 은빛돌멩이를 들고 있으면 자기도 모르게 이무기의 술수에 넘어갔습니다.

아이들이 소원을 빌 때 호수 깊은 곳에서 이무기는 기뻐 날뛰었습니다. 이무기의 살점으로 만든 은빛돌멩이가 이무기돌 근처에 올 때면 이무기는 아무도 모르게 후루룩 삼켜 버렸습니다. 아이들은 자기도 모르는 새에 이무기나라에 갇혀 버렸습니다. 은빛돌멩이를 던진 아이는 물론이거니와 같이 있던 아이들도 함께 빨려 들어갔습니다. 이무기는 소원을 빈 아이뿐만 아니라, 주위의 아이들도 함께 삼켜 버린 것입니다.

이무기나라에 갇힌 아이들은 자기를 구해주지 않는 세상을 향해 맹렬한 분노를 품었습니다. 아이들이 화를 내면 낼수록 이무기는 더 강력한 힘을 가졌습니다. 이무기는 그 힘으로 인간들이 사는 땅을 빼앗고자 했습니다. 이무기 구슬이 세상을 파괴할 치명적인 무기가 될 때 전쟁을 일으킬 계획을 세웠습니다. 이무기는 세상의 왕이 되고 싶었습니다.

이무기의 계략으로 외롭고 지친 아이들은 영문도 모르는 채 깊은 호수 속 이무기나라에 갇혀 버렸습니다.

제9화 교실 전투

"여긴 너무 이상해- 아무리 있어도 늘 똑같아. 그냥 시간이 멈춘 거 같아. 여기서 뭘 먹은 기억이 없어. 내가 뭘 했는지도 모르겠어."

"머릿속이 자꾸 지워지는 거 같아-"

"사실은, 우리도 이무기를 잘 몰라-"

"처음 본 이후로는 잘 못 봤어-. 이무기보다는 졸개들이 더 많이 와-"

"그냥, 밤-도 낮-도 없고 늘 희미한 회색 같아. 시간이 얼마나 지났는지 모르겠어-"

"아무도 우릴 안 찾고, 기억에서 억지로 지워버리면- 우리는 이무기 거라고 했어. 가족도 우리를 버린다면……. 어쩔 수 없지, 뭐.

결국 우리는 점점 엷어지다가 사라져 버리겠지-. 뭐 그러라고 해-."

교실에 모여 앉은 아이들은 주저리주저리 말이 많아졌습니다. 노을이는 이 모든 것이 거짓말 같았습니다. 꿈처럼 느껴졌습니다. 꿈이라면 빨리 깨고 싶었습니다. 이 무서운 꿈에서 달아나고 싶었습니다. 붙잡혀 온 아이들은 더는 가족을 미워하지 않았습니다. 자기들을 잊어버린, 잊고 싶어 한 가족들이지만, 이해하려고 했습니다.

아이들이 슬픔에 잠겨 있을 때 어디선가 차가운 공기와 썩은 냄새가 풍겨 왔습니다. 순간 가온이 지선이, 선미의 눈이 두려움으로 커졌습니다. 아이들은 누가 먼저랄 것도 없이 한나와 노을이부터 숨겼습니다. 선미와 지선이는 한나를 교탁 아래에 숨겼습니다. 가온이는 노을이를 교실 구석에 있는 풍금 뒤로 숨겼습니다. 풍금 위에 커다란 상자를 놓아두면서 신신당부했습니다.

"절대 나오면 안 돼! 어떤 소리가 나도 움직이면 안 돼! 이무기 졸개들은 눈이 나빠서 안 보이면 못 찾아! 고개를 뺏뺏하게 들고 다녀서 밑에 숨으면 찾을 수 없어! 그러니까 아무리 무서워도 움직이거나 소리 내면 안 돼! 입을 틀어막아! 알아들었지?"

노을이는 고개를 끄덕이기는 했지만, 사실 무슨 얘기인지 도통 알아들을 수가 없었습니다. 하지만 뭔가 다급한 상황이라는 것은 알아차렸습니다. 한나는 교탁 아래에, 노을이는 풍금 뒤에서 최대한 몸을 움츠렸습니다. 두 손으로 입을 틀어막으며 이 순간이 빨리 지나가기를 기도했습니다.

잠시 후, 졸개들이 교실로 쳐들어왔습니다. 졸개들의 얼굴에는 줄무늬가 그려져 있었습니다. 삼지창이라 불리는 졸개의 머리에는 두

개의 뿔이 나 있었고 창을 들고 있었습니다. 그는 심각한 표정으로 교실로 들어왔습니다. 그 뒤로 여자 얼굴을 한 괴물이 따라왔습니다. 개의 몸통에 여자의 얼굴을 한 괴물이었습니다. 여자괴물은 머리를 빙글빙글 돌리며 계단을 성큼성큼 뛰어 올라왔습니다. 신기하게도 둘 다 고개를 빳빳하게 들고 다녔습니다. 아이들 말대로 고개를 숙이지 못했습니다.

"아직도 사라지지 않았어! 정말 끈질긴 녀석들이야!"

여자괴물이 혀를 날름거리며 중얼거리자 삼지창이 창을 돌리며 낄낄거렸습니다.

"그래도 지난번에는 한꺼번에 일곱이나 들어왔잖아! 이제 저것들도 금세 사라질 거야! 참, 좀 전에도 넷이나 들어 왔어! 저쪽 세상에서도 이제 쟤들을 기억하는 사람이 거의 없대! 학교도 숨겨 놨다던데~ 히히 잘됐지 뭐야!"

삼지창과 여자괴물은 히죽거리며 아이들 앞으로 다가갔습니다. 아이들은 움찔했습니다. 처음 이곳에 왔을 때 반 아이들은 힘을 합해 삼지창과 여자괴물에게 덤볐습니다. 의자와 책상을 문 앞에 쌓아 놓고 용감하게 싸웠습니다. 그러다가 몇 명이 붙잡혀 갔습니다. 잡혀간 아이들은 다시 돌아오지 못했습니다. 남은 아이들은 공포에 질렸습니다. 두려움에 떨던 몇몇은 얼마 후 투명한 모습으로 변했습니다. 아이들은 이무기의 구슬 속으로 삽시간에 빨려 들어갔습니다. 그날 이후로 아무도 이무기 졸개들에게 덤비지 않았습니다. 아니, 덤빌 수 없었습니다.

삼지창이 가온이에게 쓱 다가왔습니다. 하수구 썩는 냄새가 났습니다. 한번 맡으면 정신이 아찔해지는 고약한 냄새가 삼지창 주위에서 계속 흘러나왔습니다. 삼지창이 가온이에게 창을 겨누었습니다.

"야! 이상한 애 못 봤어?"

"네? 이상한 애요? 그게 무슨?"

가온이는 못 알아듣는 척, 아무것도 모른다는 말만 해댔습니다. 그러자 여자괴물이 기분 나쁜 쇳소리를 냈습니다.

"컹컹- 쉭, 아직 안 온 거 같네-!"

삼지창이 아이들을 윽박질렀습니다.

"너희들-! 처음 보는 애가 찾아오면 교실 앞에 있는 종을 쳐! 만약 걔가 왔는데도 알리지 않으면, 이무기님 구슬 속으로 싹 다 처넣을 거야! 지난번처럼 덤비면 그땐 가만 안 둔다!"

여자괴물은 투덜거리며 짜증을 냈습니다.

"이무기님은 왜 오지도 않는 아이를 데리고 오라고 하지? 에이 귀찮아! 그냥 밖으로 나가서 막 잡아 오면 될 텐데-. 왜 자꾸 몰래 몰래 데리고 오라는 거야? 아, 짜증 나! 그 애가 없으면 또 어때? 여기 애들 데리고 힘을 모으면 되잖아! 난 여기 오는 게 너무 싫어! 뭔가 싸한 기분이-"

여자괴물의 하소연에 삼지창이 눈을 부라렸습니다.

"바보 같은 소리- 이무기나라는 스스로 자기 발로 들어와야 해! 그 입 다물어!"

삼지창은 선미와 지선이를 향해서도 창을 휘둘렀습니다.

"머리가 아주 짧은, 사내애처럼 보이는 이상한 여자애가 오면 꼭 알려야 해! 그 애는 너희를 구해주러 온 게 아니야! 너희처럼 멍청해서, 아니 더 바보 같다고 해야겠지! 소원을 빌다가 여기로 들어온 거니까 괜한 희망 품지 마! 차라리 이무기님 구슬로 들어가 버려! 그게 살길이야! 낄낄낄-"

아이들은 두려움에 몸을 떨었습니다. 졸개들은 그 모습을 보고 낄낄거리며 교실을 살폈습니다. 졸개들은 노을이가 숨어 있는 풍금 가까이 왔습니다. 노을이는 두 손으로 입과 코를 막고 꼼짝도 하지 않았습니다. 삼지창은 풍금에 몸을 기대며 여자괴물과 이야기를 나누었습니다. 노을이는 졸개들의 얘기에 귀를 기울였습니다. 여자괴물이 화를 내며 소리를 질렀습니다.

"아니, 이무기님은 왜 그렇게 조바심을 내?"

삼지창이 두리번거리며 목소리를 낮췄습니다.

"야! 조용히 해! 누가 듣기라도 하면 어떻게 하려고?"

"저까짓 것들이 들으면 어때? 너 정말 겁이-"

여자괴물이 빈정거리자 삼지창이 목소리를 낮추며 소곤거렸습니다.

"사실은 말이야, 새로운 아이가 필요하다고 했어. 서글프고 외롭고 그래서 마음속에 분노가 가득한 아이! 그런 아이가 필요하다고 했어."

"그럼, 지금 기다리는 애가 그런 아이라고? 아니, 슬프고 외로워서 화를 내는 애들은 쟤들도 마찬가지잖아?"

여자괴물은 혓바닥을 날름거리며 짜증을 냈습니다. 삼지창이 한심하다는 듯이 여자괴물을 째려봤습니다.

"넌- 정말 바보구나! 쟤들은 이제 우리가 무슨 짓을 해도 화를 안 내! 쟤들은 화도 안 낼뿐만 아니라 미워하지도 않아! 저런 애들한테는 어두운 힘이 안 뿜어 나와! 구슬 속에 잡아넣어 봤자 구슬 힘이 세지지 않아! 새로운 애가 필요해! 분하고 억울하고 슬프고 화가 나 있는 아이! 없어져도 아무도 찾지 않을 아이! 학교에서나, 집에서나, 친구들한테도 속해 있지 않는 아이! 이무기님이 그런 애를 딱 하나 찾았다고 했어! 걔를 구슬 속에 넣기로 했는데- 어디 있지? 이무기님은 왔을 거라고 했는데-."

삼지창의 말에 여자괴물도 새로운 아이에게 호기심이 생겼습니다.

"그 애가 그렇게 특별한 아이인 거야?"

"특별? 특별이라-! 뭐 사랑받지 못한 아이가 특별하다면 '특별한 아이'이기는 하지!"

"그 애를 어떻게 이용할 건데?"

"외롭게 해야지! 화나서 미칠 것 같은 마음이 들게 해야지! 주위에 있는 모든 사람을 저주하게 만들어야 해! 그 에너지가 이무기님의 구슬을 천하무적으로 만들어 줄 거야!"

"만약에 그 애가 그런 마음을 안 가지면?"

"흐흥- 왜 안 가져? 아무도 걜 사랑하지 않는데! 저쪽 세상에서는 필요 없는 아이야! 흠- 하지만, 만약에- 누군가 걔를 진정으로 아끼고 사랑한다면 이야기는 달라지지!"

"어떻게?"

"세상을 파괴하려고 만든 에너지가 이무기님을 공격하겠지! 그 반대의 에너지는 구슬을 부숴 버릴 수 있다고 했어! 그래서 이무기님이 두려워하는 거야! 그런데 이상하다-, 분명히 왔다고 했는데-.
어디 갔지?"

삼지창이 교실을 살피며 여기저기 돌아다녔습니다. 아이들은 노을
이가 걱정되어서 삼지창 뒤로 살금살금 다가갔습니다. 순간 삼지창
이 몸을 돌려 아이들에게 창을 겨누었습니다. 날카로운 창날에 놀
라 아이들이 뒤로 나자빠졌습니다. 여자괴물은 그 모습을 보고 네
발로 뱅글뱅글 돌며 웃다가 그만 삼지창에게 꼬리를 밟혔습니다.
여자괴물은 갑자기 미친 듯이 짖어대며 삼지창의 발꿈치를 물어버
렸습니다. 삼지창은 비명을 지르며 교실 밖으로 도망쳤습니다. 여자
괴물도 그 뒤를 쫓아 쏜살같이 사라졌습니다. 졸개들이 떠나자마자
고약한 냄새와 차가운 공기가 일순간 사라졌습니다.

한나와 노을이 지선이 가온이 선미가 다시 교실에 모여 앉았습니
다. 노을이가 떨리는 목소리로 말했습니다.

"나, 이야기 들었어! 괴물들 이야기 다 들었어! 한나를 찾고 있었
어! 한나를!"

한나가 놀라서 노을이를 쳐다보았습니다.

"나를? 왜?"

"그게-, 어- 그게……."

노을이는 말을 하려다 말고 입을 다물었습니다. 막상 한나 얼굴을
보니 졸개들이 한 이야기를 차마 전할 수 없었습니다. 한나가 눈을
동그랗게 떴습니다. 지선이가 따지듯이 물었습니다.

"무슨 이야기를 했어? 왜 한나를 찾는데? 응? 뭐라고 했는데?"

"그게-, 저-, 있잖아, 아! 그래! 이렇게 말했어, 한나가 여기 올 걸 알고 있었대. 그래서 한나를 찾으러 왔대. 아이가 많을수록 자기들 힘이 더 세진다고 했어."

"정말? 그 말밖에 안 했어? 다른 말은? 다른 말은 없었어?"

가온이가 재촉하자 노을이가 버벅거렸습니다.

"응-. 음-, 아이들이 가지는 슬픔, 눈물, 외로움 뭐 그런 게 모여서 강한 에너지가 된대. 그걸 이용해서 이무기는 힘을 가질 거래."

노을이는 대충 얼버무리며 말을 하지 않으려고 했습니다. 선미가 중얼거렸습니다.

"그럼-, 아무도 우리를 도와줄 수 없다는 거네. 하기야 누가 우리를 도와주겠어? 우리를 기억하는 사람도 없는데……."

아이들은 다시 풀이 죽은 모습으로 말이 없어졌습니다. 노을이와 한나는 슬슬 두려워졌습니다. 어딘지 알 수 없는 공간에, 괴물, 납치된 아이들, 진짜인지 가짜인지 알 수 없는 이 상황이 너무 놀랍고 무서웠습니다. 마치 깰 수 없는 악몽에 사로잡힌 듯했습니다.

그런데 갑자기 고약한 냄새가 또 나기 시작했습니다. 아이들은 무심코 뒤를 돌아보았습니다. 조금 전 분명 교실을 떠났던 삼지창과 여자괴물이 키드득거리며 서 있었습니다. 삼지창이 긴 창으로 아이들을 겨누었습니다.

"요것들 봐라! 감히 나를 속여-, 내가 이상한 애 오면 얘기하라고 했지! 어? 그런데- 누가 이상한 애야? 둘 중에 누가 이무기님이 말한 아이야? 하나가 아니고 왜 둘이야? 응? 누구야? 도대체! 아 모르겠다! 어쨌든 둘 다 같이 이무기님한테 가자! 얼른 앞장서!"

삼지창이 험악한 분위기로 둘을 구석으로 몰아넣었습니다. 여자괴물은 시뻘건 혓바닥을 보이며 으르렁댔습니다.

"저것들! 내가 한입에 꽉 물어버릴까?"

"좋지! 좋아! 좋은 생각이긴 한데, 우선 이무기님한테 보여야 하니까, 꽁꽁 묶자!"

삼지창이 허리춤에 감고 있던 긴 줄을 빼냈습니다. 여자괴물은 마치 작은 동물을 사냥하듯이 한나와 노을이 주위를 펄쩍펄쩍 뛰어다녔습니다. 삼지창은 창을 옆에 세워두고 한나와 노을이를 묶으려고 했습니다. 그때 가온이가 삼지창의 창을 낚아채며 한나와 노을이 앞을 막았습니다.

"안-돼! 얘들은 안 돼! 잡아가지 마!"

졸개들이 당황해하는 사이, 선미가 교실 뒤쪽에 둔 대걸레를 들고 덤볐습니다. 지선이는 찰흙으로 만든 아이들의 작품을 삼지창과 여자괴물에게 던졌습니다. 찰흙은 단단하기가 돌 같았습니다. 지선이와 선미, 가온이는 고함을 지르며 한꺼번에 졸개들을 공격했습니다. 예상치 못했던 아이들의 공격에 졸개들은 놀라서 우왕좌왕했습니다. 졸개들이 주춤한 사이 아이들은 한나와 노을이를 떠나보냈습니다.

"어서 도망가! 빨리빨리-!"

"어서-, 달려!"

"여긴, 우리가 알아서 할게! 가-! 빨리- 가!"

한나와 노을이는 정신없이 교실을 빠져나왔습니다. 등 뒤에서 아이들의 비명과 고함, 졸개들의 괴성이 쏟아져 나왔습니다.

제10화 눈물 그리고 이무기

한나와 노을이 둘만 남았습니다. 갈 곳을 알지 못했습니다. 낯선 땅에 던져졌습니다. 발길이 닿는 대로 걸었습니다. 한나와 노을이는 자기도 모르는 새 낯선 땅의 한가운데로 점차 들어가고 있었습니다. 한 발, 한 발 내디딜 때마다 걸어왔던 길은 사라졌습니다. 지나온 길은 사라지고 새로운 길이 생겨났습니다.

낯선 길에서 한나와 노을이는 깨달았습니다. 현실로 되돌아갈 수 없다는 걸 알았습니다. 한나는 이제 다시는 무지개를 볼 수 없을 겁니다. 노을이는 다시는 엄마를 만날 수 없을 겁니다. 노을이를 보고 웃고, 볼을 비비며 맛있는 밥을 차려주던 엄마의 웃는 얼굴을 다시는 볼 수 없을 것입니다. 둘은 지쳤습니다. 겨우겨우 힘을 내 한 걸음씩 디디고 있지만 아무런 희망도 가질 수 없었습니다. 힘없이 걷던 한나가 속내를 털어놓았습니다.

"너 혼자라도 집에 돌아갔으면 좋겠다. 나 때문에 노을이 너만 고생이야. 다 나 때문이야. 내가 호수 보러 가자고 안 했으면……. 나는 그냥 여기서 살래……. 나는 이무기 구슬에 갇히는 거나, 집에 있는 거나 다 똑같아. 차라리 날 아무도 모르는 여기 있을래. 집이 싫어, 집으로 돌아가기 싫어! 맨날 나만 놀리는 학교도 싫어!"

노을이가 한나를 보았습니다. 졸개들이 떠들어대던 한나 이야기도 떠올랐습니다. 한나는 쓸쓸해 보였습니다. 한나를 도와주고 싶었습니다. 하지만 아무런 힘이 없었습니다. 한나 말대로 집으로 돌아갈 수만 있다면 혼자라도 떠나고 싶은 심정이었습니다. 노을이는 집에 가고 싶었습니다. 엄마가 간절히 보고 싶었습니다. 자기가 없어지면 엄마가 얼마나 많이 울지 알기에, 노을이는 꼭 돌아가고 싶었습니다. 엄마 생각을 하자 갑자기 울컥 눈물이 났습니다.

"엄마 보고 싶어! 엄마가 너무 보고 싶어! 어제 엄마를 못 봤어……."

노을이가 엉엉 울면서 엄마를 불렀습니다. 한나는 엄마를 보고 싶어 하는 노을이가 이해가 되지 않았습니다. 한나에게 엄마는 그냥 엄마입니다. 한나에게 머리를 짧게 자르라고 하거나, 행여 다른 아이들과 싸우더라도 늘 다른 애 편을 드는, 상장을 받아와도 시큰둥한 사람이었습니다. 하지만 노을이가 이렇게 좋아하는 사람이라면, 노을이 엄마는 좋은 사람일 게 분명했습니다. 한나는 노을이에게 미안해서 눈물이 났습니다. 두 아이는 서로 기대어 울었습니다. 너무 지쳐서 이 땅을 벗어나야겠다는 마음도 사라졌습니다. 그때였습니다.

"자~알 생각했어! 확실히 똑똑한 걸~, 겔겔겔!"

도망칠 생각을 버린 바로 그 순간, 쓰-윽 쓰-윽 하며 길고 굵은-그리고 빛나는 은빛의 이무기가 한나와 노을이 주위를 맴돌았습니다. 이무기는 여섯 갈래로 갈라진 혀를 날름거리며 주위를 기어다녔습니다. 웃는 것 같기도 하고 놀리는 것 같기도 한 이무기의 모습에 한나와 노을이는 울음을 그쳤습니다.

"음-, 친구까지 데리고 왔네! 친구가 있었어? 이거 참-! 계획을 바꿔야겠네-. 흠- 너희가 알아야 할 게 있어. 여기서도 나름 행복해! 학원에 안 가도 되고 또 여기는 배도 안 고파! 제일 좋은 건 말이야~, 크크큭- 어른이 없다는 거야! 좀 전에 봤던 애들? 잘 생각해 봐- 걔들은 안 늙어! 늘 아이의 모습이지-! 외롭다, 힘들다 하지만 그거 다 거짓말이야! 여기 있는 게 얼마나 좋은데~! 내가 얼마나 좋은 이무기인데~! 너희 소원쯤이야 다 들어줄걸~! 그렇지-한나야?"

"어-, 응-"

이무기의 달콤한 속삭임에 한나 마음이 사르르 녹았습니다. 그동안 잊고 있었던 소원도 떠올랐습니다.

"이곳에 살면 공부할 필요 없어! 널 놀릴 아이도 없고~. 사실 한나 너는 맨날 꾸중만 듣잖아! 여기는 널 혼낼 사람이 한 명도 없어! 어때-, 좋지? 크크큭, 카카칵-. 이게 젤 중요한 얘긴데-, 네가 집에 안 가면 가족들이 더 좋아할 거야! 앓던 이 빠진 것처럼-. 넌 집에서나 밖에서나 천덕꾸러기잖아! 어차피 어쩔 수 없이 낳은 아인데-

무슨 정이 있겠니?"

한나 얼굴에 핏기가 사라졌습니다.

"그래~ 그래야지! 네가 갈 데가 어디 있니? 널 원하는 곳은 여기뿐이야! 여기 있는 모~든 게 다 네 거야! 자, 여기서 나랑 같이 널 놀렸던 애들을 벌주자! 걔들을 괴롭힐 수 있어! 이제 너한테 그런 힘이 생기는 거야! 멋지지? 하고 싶은 거 다 할 수 있어! 그냥 여기서 살자! 으~응? 한나야, 어때?"

이무기의 말에 한나는 홀린 듯이 주위를 돌아보았습니다. 조금 전까지만 하더라도 거칠고 어두웠던 주위가 달라 보였습니다. 이제껏 보이지 않았던 아름다운 꽃들과 푸르른 나무들이 이곳을 가득 채우고 있었습니다. 어디선가 새소리와 물소리도 들렸습니다. 갑자기 이곳이 낙원처럼 여겨졌습니다.

'하-, 왜 떠나려고 했지?'

한나뿐만 아니라 노을이도 이곳이 좋아졌습니다. 이렇게 아름다운 곳에 왔는데 왜 도망가려 했는지 이해가 되지 않았습니다. 가온이 선미 지선이, 엄마도 다 잊어버렸습니다. 둘은 서로에 기대어 반쯤 눈을 감았습니다.

"아~주 잘 생각했어! 한나 네가 이 땅의 주인이야. 여기서 사는 거야! 널 비웃고 놀리고, 괴롭혔던 것들을 떠올려 봐! 널 사랑하지 않는 가족-, 그 사람들 안 볼 수 있어! 너무 재미있겠지?"

그때 정신을 잃은 한나가 노을이 쪽으로 픽 쓰러졌습니다. 갑작스러운 무게에 노을이가 눈을 번쩍 떴습니다. 정신이 들었습니다. 이무기가 한나를 내려다보고 있었습니다. 노을이는 이무기를 찬찬히 보았습니다. 노을이 눈에 이무기의 진짜 모습이 보였습니다. 아름답게 빛나는 은빛 속에 매서운 눈빛의 이무기가 있었습니다. 찢어진 입과 날카로운 눈매, 뾰족한 이빨은 보는 것만으로도 소름이 끼쳤습니다. 이무기는 한나를 삼키려는 듯 입을 쫙 벌렸습니다. 노을이는 마음이 급해졌습니다.

'뭐- 던질 만한 게 없을까?'

좀 전까지 보였던 아름다운 숲과 나무는 아예 자취를 감췄습니다. 풀 한 포기 보이지 않았습니다. 무심코 주머니에 손이 닿았습니다. 한나가 준 은빛돌멩이가 있었습니다. 노을이는 슬며시 은빛돌멩이를 빼냈습니다. 이무기는 한나를 칭칭 감아올리고 있었습니다. 그 순간, 노을이는 있는 힘껏 은빛돌멩이를 던졌습니다. 은빛돌멩이는 이무기의 눈에 정통으로 맞았습니다. 이무기는 찢어질 듯한 비명을 지르며 몸부림쳤습니다. 그 틈을 타 노을이는 한나를 깨웠습니다. 둘은 겁에 질려 무작정 내달렸습니다.

휘-이-익, 세찬 바람이 불었습니다. 둘은 정신없이 뛰다가 뒤를 돌아보았습니다. 공중에서부터 시작된 바람은 붉은빛으로 바뀌었습니다. 바람은 붉은빛에서 회색빛으로, 다시 검은빛으로 또다시 은빛으로 휘몰아쳤습니다. 색색의 빛이 사라지면서 삼지창과 여자괴물이 나타났습니다. 한나와 노을이는 깜짝 놀라 걸음을 멈췄습니다.

한나와 노을이 앞에 구슬에 갇힌 선미와 지선이 가온이, 그리고 다른 아이들의 모습이 나타났다가 사라졌습니다. 아이들은 괴로워하고 있었습니다. 한나와 노을이는 아이들을 빼내려고 두 팔을 허우적거리며 발버둥 쳤습니다. 졸개들은 히죽거리며 기분 나쁜 웃음소리를 냈습니다. 둘 앞에 한쪽 눈이 찢어진 또 다른 괴물이 나타났습니다. 한나가 노을이 손을 꼭 붙잡았습니다. 괴물은 기괴한 음성으로 말했습니다.

"어렵쇼~? 무서워하지도 않네~"

괴물은 언뜻 보면 수백 살은 족히 된 할아버지 같기도 하고, 다시 쳐다보면 스물이 채 안 된 청년처럼 보이기도 했습니다. 그러다가 또 어떻게 보면 주름이 잔뜩 낀 할머니 같기도 하고, 또 달리 보면 이제 막 걸음마를 시작하는 아이 같기도 했습니다. 키가 자그마한 느낌이 들다가도 갑자기 거인처럼 보이기도 했습니다. 괴물은 상처 난 눈을 비비며 노을이를 노려보았습니다. 겁이 난 한나가 조심스레 입을 열었습니다.

"누구세요? 다- 당신도 이무기 부하인가요?"

"이무기 부하라고? 크크큭 하, 이런~! 난 네가 소원을 빌었던- 이 세상에서 가장 위대하고 강력한, 눈부시게 아름다운 생명체지~! 자, 그럼 내가 누군지 한번 알아맞혀 봐! 그럼 네가 왔던 그곳으로 다시 보내줄 수도 있어!"

왔던 그곳으로 보내준단 말에 노을이가 조심스럽게 답을 내놓았습니다.

"위대한-? 어- 그런데- 신은 아닌 거 같고-, 이, 이무기?"

괴물은 낄낄거리는 소리로 한참이나 웃다가 이내 냉랭한 얼굴로 빈정거렸습니다.

"신일 리 없다고? 신이 이런 모습일 리 없다고? 내가 신이 아니라고? 내가 얼마나 무시무시한 신인지 보여줘야겠구나!"

이무기는 몸을 있는 힘껏 부풀렸습니다. 하늘 끝까지 커졌습니다. 이무기나라가 이무기 하나로 채워졌습니다. 이무기는 곧바로 아이들을 칭칭 감았습니다. 둘은 숨이 막혔습니다. 한나가 컥컥거리며 빌었습니다.

"이무기님 살려주세요!"

이무기는 싸늘한 미소를 지으며 순식간에 사람 모습으로 돌아왔습니다. 한나가 재차 애원했습니다.

"제발 저희를 보내주세요! 제발-, 이곳을 떠나도- 아무한테도 말 안 할게요. 경찰한테도, 집에도, 선생님한테도 말 안 할게요. 제발 보내주세요-! 네? 네? 이무기님-"

이무기는 쩔쩔매는 한나를 보며 입꼬리를 실룩거리며 웃음을 참았습니다.

"경찰? 선생님? 집? 야, 오한나! 누가 널 찾아? 누가 널 기다려? 네가 없어지면 다들 좋아할 거야! 구슬에 갇혀 있는 애들-, 찾는 사람 봤어? 크크큭~ 네가 사라지면 다 좋아할 거야! 넌, 네가 원해서 왔잖아! 나한테 소원을 빌었잖아!"

좀 전까지 살려달라고 애원하던 한나 눈꼬리가 올라갔습니다.

"아무도 날 안 찾는다고? 내가 원해서 왔다고?"

"그래! 오한나! 네가 날 불렀잖아! 네가 나한테 소원을 빌었잖아! 이건 모두 어리석은 네 탓이야! 네가 강노을까지 위험에 빠트린 거야! 아직도 모르겠어?"

"한나 때문이라고? 그게 무슨 말이야?"

노을이가 놀라 끼어들었습니다. 이무기가 노을이를 보며 빈정거렸습니다.

"한나만 데려오면 되는데 넌 잘못 따라온 거야! 한나에게만 은빛 돌멩이를 줬어! 혼자 오라고! 친구도 없었는데-! 넌 올 필요가 없는 애야!"

"아냐, 아냐- 노을아, 아냐, 난 네게 선물하려고-, 그냥 할머니 말대로 했어. 그뿐이야! 이럴 줄 몰랐어-, 노을아-"

한나는 당황해서 어쩔 줄 몰라 했습니다. 노을이는 뭐라 말도 못한 채 그냥 서 있었습니다. 노을이가 한나를 믿지 못하자, 이무기는 신이 났습니다.

"소원을 들어준다니까, 냉큼 이무기돌에다가 돌을 던졌지, 그리고 간절히 빌었잖아-! 소원이 이뤄지게 해 달라고! 그런데 말이야-, 그게 사실은 나한테 비는 거야! 온 땅에 흩어진 돌, 나무, 인간의 손으로 만든 모든 것들! 그 모든 게 다 나한테 하는 소리야! 넌 나한테 소원을 빈 그 순간부터 '나의 것'이 된 거야, 오한나-"

한나가 숨이 막힌 듯 가슴을 부여잡았습니다. 이무기는 한나가 그러거나 말거나 떠들어 댔습니다.

"모든 것에는 대가가 따르지! 그렇게 소원을 빌어댔으면 대신 뭘 내놔야지! 뭘 대가로? 소원을 이뤄달라는 거야? 이제 내가 널 죽이든 살리든-, 구슬에 넣든지 말든지, 넌 할 말이 없어! 이제 네 안의 어두운 힘을 긁어모아서 내 구슬 안에다 다 집어넣을 거야! 삼지창! 어서 구슬 가져와!"

이무기는 하늘 높이 솟구쳤다 땅으로 내려왔습니다. 그 사이 삼지창의 손에 뭔가가 들려 있었습니다. 이무기 구슬이었습니다. 구슬 안에는 사라진 아이들이 울부짖고 있었습니다. 가온이와 선미 그리고 지선이도 보였습니다. 아이들은 극도의 공포와 버림받은 설움으로 몸부림치고 있었습니다. 노을이는 이무기의 잔혹함에 화가 치밀어 올랐습니다.

"난 소원을 빌지 않았어! 난 네까짓 것한테 아무것도 빌지 않을 거야! 넌 그냥 사람들이 만들어낸 괴물일 뿐이야! 난 네게 갚을 것도 없어! 난 이곳에 있을 이유가 없어! 보내줘! 이 괴물아!"

노을이가 분노에 차서 소리를 질렀습니다. 이무기 눈에서 새파란 불꽃이 타올랐습니다. 이무기는 노을이를 차갑게 노려보며 빈정거렸습니다.

"오호~ 어라! 너 말 할 줄 아네! 말 한마디도 제대로 못 하더니만~ 크큭~, 제법 말을 하네. 그래~, 네 말이 맞아~ 넌 소원을 빈 적도, 날 믿지도 않았지. 네 말대로 너 같은 애는 강제로 구슬에 넣을 수 없어. 한나와는 좀 다르지~! 뭐-, 그렇다고 치자! 근데- 그래서 어쩔 건데? 여기는 내 땅이야! 내 땅에서는 다 내 맘대로야! 널 구슬에 가두든 말든- 누가 뭘 어쩌겠어? 여긴 내가 허락하지 않고선 인간들이 들어올 수 없는 곳이야! 그럼 저 하늘의 신? 하~아! 그분을 믿나 본데, 그분도 여기선 어쩌지 못해! 여기서는 내가 왕이야! 내가 신이라고! 신! 신! 위대하신 이무기님이라고!"

이무기는 광기에 휩싸여 소리를 질러댔습니다. 한나와 노을이는 이무기의 사악함에 숨을 쉴 수가 없었습니다. 아이들이 두려움에 떨자 이무기는 괴이한 소리를 지르며 하늘로 솟구쳤다가 다시 주위를 떠다녔습니다. 하늘과 땅이 흔들거렸습니다. 삼지창과 여자괴물은 이 모습을 보고 연신 절을 해댔습니다. 칠흑 같은 어둠 속에서 이무기 주위만 탁한 은빛을 뿜었습니다.

한나는 무섭고 불안했지만, 그보다 노을이에게 더 미안했습니다. 뭐라도 해야 할 것 같았습니다. 한나가 갑자기 머리를 만졌습니다. 머리카락은 여전히 짤막했습니다. 한나가 들뜬 목소리로 다급하게 소리쳤습니다.

"소원, 안 이뤄졌어! 안 이뤄졌다고! 내 소원 안 이뤄졌다고!"

이무기가 한나를 돌아보았습니다. 그 순간 은빛 가루가 맹렬한 속도로 한나에게 들러붙었습니다. 은빛 가루를 떼려고 한나가 발버둥 쳤습니다. 노을이가 도와주러 달려갔습니다. 하지만 은빛 가루에 떠밀려 그만 정신을 잃었습니다.

제11화 한나의 소원

"노을아, 노을아 일어나"

"어-, 어?"

노을이가 겨우 눈을 떴습니다. 그런데 한나는 보이지 않고 모르는 여자애가 앞에 있었습니다.

"어? 한나는? 한나는 어디 있어?"

여자애가 배시시 웃었습니다.

"나야, 내가 한나야-. 크크"

노을이는 여자애를 다시 쳐다보았습니다. 그리고 보니 목소리가 한나였습니다. 노을이 머리칼이 쭈뼛 섰습니다. 좀 전까지 모습과 너무 달랐기 때문입니다. 한나는 긴 머리칼에 드레스를 입고 있었습니다.

"헉! 너-? 한나? 왜 이렇게 바뀐 거야? 머리는 왜 이렇게 길어?"

"헤헤-, 소원이- 이뤄졌어-"

한나가 부끄러운 듯 속삭였습니다. 한나는 완전히 다른 아이처럼 보였습니다. 구불구불하고 풍성한 머리카락은 허리까지 내려왔습니다. 게다가 은빛과 푸른빛이 절묘하게 섞인 드레스는 마치 호수 속 인어처럼 신비롭고 낯설게 보였습니다. 한나는 기분 좋은 웃음을 터트리며 빙그르르 돌았습니다.

"어때~?"

머리 길이만 바뀌었을 뿐인데 한나는 마치 다른 사람 같았습니다. 너무 아름다웠습니다. 노을이는 여태껏 이렇게 예쁜 아이는 처음 보았습니다. 하지만 지금 머리가 길어서 너무 예쁘다는 말은 차마 나오지 않았습니다. 납치된 아이들은 아직 구슬에 갇혀 있고, 이무기도 졸개들을 데리고 언제 잡으러 올지 모르는 상황이었습니다. 노을이는 한나의 팔을 붙잡았습니다.

"한나야! 정신 차려! 우리 도망가야 해! 이무기가 알면 우릴 가둘 거야!"

한나는 못 들은 척, 인어 꼬리 같은 드레스 자락을 나붓거리며 다시 한번 휘-이익 돌았습니다. 드레스 자락이 햇빛에 반짝이는 물결 같았습니다.

"노을아 나 어때? 응? 예뻐? 진짜 예뻐 보여? 아, 이무기? 하, 이무기는 걱정하지 마! 눈 떠보니까 다 사라졌어! 내 소원이 이뤄지니까 없어졌나 봐!"

진짜 이무기는 보이지 않았습니다. 한나와 노을이 단둘만 있었습니다. 한나는 혼자 웃고 떠들어 댔습니다.

"와-아 내 머리카락-! 소원이 이뤄졌어! 너무너무 신나! 거울 좀 보여줘! 내 모습 보게!"

한나 말이 떨어지자마자 크고 아름다운 타원형 거울이 한나 앞에 뚝 떨어졌습니다. 한나는 거울을 뚫어지게 쳐다보며 중얼거렸습니다.

"너-무 아름다워! 학교에 가서 자랑해야지! 이제 잔디머리니, 남자니 하는 말 못 할 거야! 크크큭! 날 놀리던 애들한테 보여줘야지, 깜짝 놀라겠지~"

한나는 거울 속 자기 모습에 매료돼 여기가 어딘지 잠시 까먹은 거 같았습니다. 쭉 지켜보고만 있던 노을이가 조심스레 입을 열었습니다.

"소원이……, 혹시 긴 머리였어? 그거였어?"

한나는 거울에서 눈을 떼지 않은 채 고개만 끄덕였습니다. 노을이 입에서 옅은 한숨이 새어 나왔습니다.

"한나야- 오한나! 정신 차려! 머리는 언제든지 기를 수 있잖아! 우린 지금 이무기한테서 달아나야 해! 잊었어? 갇힌 애들 고통스러워하는 거-? 잊은 거야, 진짜? 선미, 지선이, 가온이 다들 잊었냐고?"

노을이가 애원했지만 한나는 아무 생각이 없어 보였습니다. 이무기땅에서 겪은 일들을 다 잊어버린 거 같았습니다. 노을이는 속상해서 더는 말을 하지 않았습니다. 한나가 노을이를 불렀지만 노을이는 모른 척했습니다. 한나가 장난스럽게 노을이 눈앞에 자기 얼굴을 바짝 갖다 댔습니다.

"노을아!"

노을이가 한나 눈을 보았습니다. 그런데 뭔가 좀 이상했습니다. 분명 노을이가 한나를 보고 있는데도 한나 눈동자에 노을이가 비치지 않았습니다. 그저 은회색 구슬처럼 반짝거리기만 했습니다. 노을이가 놀라 뒷걸음질 쳤습니다.

"왜? 왜?"

한나가 미소를 지으며 노을이를 잡았습니다. 한나는 섬찟할 정도로 아름다웠지만 노을이는 예전의 잔디머리 한나가 그리웠습니다.

"너……, 오한나 맞아? 나한테 은빛돌멩이 선물한 그 한나 맞아?"

"은빛돌멩이? 돌멩이를 왜 선물로 줘? 크크큭~"

"실내화 찾아준 건?"

"실내화?"

"그럼 선미, 지선이 가온이는 기억해?"

한나가 멍한 표정을 지었습니다. 순간, 노을이는 한나 뒤로 긴 그림자가 움직이는 걸 보았습니다. 얼핏 드레스 자락인 줄 알았는데 그건 마치 이무기의 굵다란 몸통처럼 움직였습니다. 그러고 보니 한나가 움직일 때마다 이무기 몸짓처럼 보이기도 했습니다. 노을이가 의심스러운 눈초리를 보이자, 한나가 차갑게 말했습니다.

"왜 나를 이무기 보듯 하는 거야?"

"그게 무슨 말이야?"

"나, 이무기 아니야!"

노을이가 빠르게 한나 앞으로 걸어가 눈을 맞췄습니다.

"한나야, 나 똑바로 봐! 응? 오한나! 너 한나 맞지? 한나야, 기억해 봐! 교실에서 내가 답 알려준 거, 고맙다고 했잖아. 어- 맞다, 호수에 올 때 나한테 친구라고 했잖아! 친구랑은 처음 왔다고! 나한테 말한 거……, 기억 안 나?"

한나는 계속 시선을 피했습니다. 노을이는 한나를 붙잡고 놓아주지 않았습니다.

"한나야, 제-발! 우리 지금 함정에 빠졌어! 한나야- 제발 제발……, 정신 차려! 한나야, 한나야-"

한나가 그제야 노을이 눈을 마주 보았습니다. 노을이 눈동자에 자기 모습이 비쳤습니다. 근데, 거울 속의 아름다운 한나와 달랐습니다. 노을이 눈동자 속의 한나는 이무기에게 몸이 칭칭 감긴 채 몸부림치고 있었습니다. 분명 자신은 아무것에도 묶여 있지 않은데 노을이 눈 속에는 이무기에 잡혀 있었습니다.

"어-, 노을아, 이게 뭐지? 이무기가 날 묶었는데……. 아-악! 이 옷이, 옷이-"

갑자기 숨이 막혀 왔습니다. 은빛 드레스가 한나를 조여 왔습니다. 한나는 드레스에서 벗어나려 애썼지만 그러면 그럴수록 드레스는 한나 몸에 비늘처럼 딱 들러붙었습니다.

"아 노을아, 도와줘- 숨이 막혀-"

"한나야, 한나야-"

노을이는 고통스러워하는 한나를 보며 눈물을 뚝뚝 흘렸습니다.

노을이 눈물을 보는 순간 한나는 갑자기 정신이 번쩍 들었습니다. 그 순간 자신이 왜 여기 있게 되었는지, 노을이가 왜 저토록 슬피 우는지 알아 버렸습니다.

"아아악!"

한나가 외마디 비명을 지르며 가슴을 쳤습니다. 한나가 꺽꺽거리며 울음을 터트리자 한나 위로 이무기가 쓱 솟구쳐 올라갔습니다. 이무기는 공중에서 연기처럼 흩어지다가 다시 내려왔습니다.

"하, 소원을 이뤄달라고 해서~, 해주니- 그거 하나 감당할 능력이 안 되네- 크크큭-"

한나의 은빛 드레스는 원래 옷으로 바뀌어 있었습니다. 대신 머리칼은 여전히 길었습니다. 은빛 드레스가 사라지자 갑자기 구슬 속의 아이들이 떠올랐습니다. 가온이 지선이 선미도 생각났습니다. 자기 때문에 노을이가 위험에 빠졌다는 걸 깨달았습니다. 한나는 고통스러운 듯 숨을 헐떡였습니다. 자책감에 머리카락을 쥐어뜯으며 비명을 질러 댔습니다.

"이건 아니야! 이건 가짜야! 난 이런 걸 원하지 않았어! 아- 이 가짜를 가지려고-!"

"한나야, 왜 이래?"

"난 나쁜 아이야! 이래서 다들 날 싫어해! 노을아, 미안해-. 정말 미안해-. 난 네게 좋은 걸 선물하고 싶었어-. 그래서 같이 호수에 가자고 한 거야. 소원-, 소원 이뤄지게 해주려고……. 근데 너까지 위험하게 만들었어-. 어떡하지, 어떻게 하면 원래대로 돌아갈까- 미안해- 내가 다 망쳐버렸어-. 난 바보 멍청이야-"

한나는 길고 풍성한 머리카락을 마구 헝클어 놓았습니다. 바닥에 주저앉아 목메어 울었습니다. 눈물범벅인 채로 용서를 빌었습니다. 노을이는 어쩔 줄 몰라 하며 당황해했습니다. 이무기는 말 한마디 없이 이 광경을 쭉 지켜보고 있었습니다. 쿡쿡거리며 웃음을 참던 이무기는 곧 찢어질 듯한 괴성을 지르며 웃어 댔습니다. 이무기는 큰소리로 한나를 비웃었습니다.

"봤지? 난 뭐든 할 수 있어! 네 소원- 그거 내 말 한마디면 다 이뤄지지! 네가 간절히 원하던 그걸- 난 순식간에 해결하지! 더 원하는 것 없어? 내가 다 해줄 수 있어! 단! 네가 가져간 거에 대한 값만 내면 된다니까- 크크크크큭~"

한나는 온몸이 얼어붙는 것 같았습니다. 이미 구슬 안에 갇힌 듯 온몸이 굳어졌습니다.

"나만-, 나만 가둬- 노을이는 보내줘! 부탁이야-. 노을이는 죄가 없어!"

이무기는 대답 대신 빙글빙글 주위를 돌았습니다. 이무기가 움직일 때마다 차가운 공기가 한나와 노을이 주위를 에워쌌습니다. 한나는 으스스한 분위기에 몸을 감쌌습니다. 노을이는 그 자리에 털썩 주저앉았습니다. 힘이 빠진 한나와 노을이에게 여자괴물과 삼지창이 달려들었습니다. 여자괴물이 물려고 하자, 이무기가 포악한 소리를 내질렀습니다.

"안- 돼!"

한나와 노을이는 의아한 표정으로 이무기를 올려다보았습니다. 이무기는 묘한 미소를 지으며 말을 했습니다.

"아휴, 참- 아이들이 슬퍼하니까 영 마음이 안 좋네~. 흠~. 내가 말이야- 너희들을 좀 도와주고 싶은데……. 어때? 한 명이라도 보내줄까?"

한나 눈이 동그래졌습니다. 노을이가 조심스레 물었습니다.

"둘 중의 한 명만 보내준다고? 그럼 나머지는?"

이무기가 쌀쌀맞은 말투로 얼버무렸습니다.

"뭐, 나머지 애야 구슬로 들어가겠지-. 뭐 그렇게 되면 나도 손해야! 진짜야-. 근데 가만히 생각해 보니, 강노을 너는 좀 불쌍하더라고-. 네 말대로 소원을 빌지도 않았고- 저 나쁜 한나 때문에 이게 무슨 꼴이야? 그래도 둘 다 보내기는 뭣하고, 한 명이라도 보내주려고! 크크큭-"

한나와 노을이는 미심쩍은 눈빛으로 이무기를 쳐다보았습니다. 이무기는 정곡이 찔린 듯 비죽이 웃었습니다.

"내 속셈이 궁금하다 이거지? 좋-아! 얘기해 주지- 한 사람만 떠나면 남은 애는 평생 떠난 애를 증오하고 저주하겠지! 또 떠난 애는 떠난 애대로 평생 죄책감에 시달리며 살겠지- 크큭! 난 그걸 원하는 거야!"

이무기는 아이들의 표정을 보며 계속 말을 이어갔습니다.

"하지만 말이야, 사실 떠난 애는 소원을 이루게 될 거야! 한나는 세상에서 가장 아름다운 소녀로 살 거야! 아까 봤잖아, 네 모습이 얼마나 아름다운지!"

한나 표정이 순간 부드러워졌습니다. 이무기는 그럴 줄 알았다는 듯 이번에는 노을이 쪽을 보았습니다.

"강노을- 네가 떠난다면 여기서 있었던 모든 걸 잊게 해줄 거야. 한나나- 뭐니- 다 기억에서 삭제할 거야! 죄책감 뭐 그런 거 고민할 필요도 없어! 넌 그냥 네 마음속 소원처럼, 엄마랑 행복하게 살면 돼! 엄마는 일하지 않아도 돼! 그냥 예전처럼 네 곁에서 늘 함께 할 거야! 강노을 넌- 원하는 모든 걸 가지게 될 거야! 축구도 잘하고, 공부도 잘하고, 씩씩하고 멋진 소년으로 살게 할 거야!"

이무기의 갑작스러운 제안에 둘 다 머릿속이 뒤죽박죽되었습니다. 한나는 손가락으로 머리카락을 더듬었습니다. 길고 풍성한 머리카락이 손에 잡혔습니다. 한나가 곁눈으로 노을이를 훔쳐보았습니다. 노을이는 말없이 땅만 보고 있었습니다. 주위는 어두워져 갔습니다. 이무기 주위만 밝게 빛났습니다.

"빨리 결정해! 기회는 한 번뿐이야! 이 기회를 놓치면 영원히 구슬 속에 갇힐 거야! 크크큭--!"

둘 다 말이 없어졌습니다. 여태 이렇게 말을 하지 않았던 적은 없었습니다. 이무기는 둘의 불안한 모습을 보며 교활한 미소를 지었습니다.

'난 이 순간이 제일 좋아! 서로서로 머릿속으로 뭐가 더 이득인지 계산하는 모습! 흥! 친한 척하지만 결국 다 자기 잇속 챙기는데 바쁘지! 강노을- 너도 순수한 척하지만, 곧 네 진짜 모습을 드러낼 거야! 나보고 괴물이라고? 악마라고? 웃기는 인간들이야! 너희가 진짜 악마야! 아이들이 순수하고 맑다고? 흥! 아이들이 어떻게 괴물로 바뀌는지 보여줄게!'

졸개들은 낄낄거리며 한나와 노을이 주변을 어슬렁거렸습니다. 한나와 노을이는 서로 등진 채 있었습니다. 한나 마음은 갈팡질팡했습니다.

'지금 모습 그대로 나간다면- 나갈 수만 있다면-, 날 놀렸던 애들한테 보여줄 수 있는데……. 근데 내가 가면 노을이는-? 노을이는 나 대신 여기 갇히는데-? 어쩌지? 응? 노을이는 생각하지 마! 너만 생각해! 네 소원만 생각해! 노을이 말고, 네 소원만! 오한나! 너 긴 머리 부러워했잖아! 나가면 노을이니 구슬이니 다 잊는다고, 다 잊게 해준다고 이무기가 말했잖아! 아까 네 모습 정말 예뻤어!'

한나는 조금 전까지만 하더라도 자기가 남겠다고 했습니다. 그런데 한나 마음은 자꾸 요동치고 있었습니다. 아름다운 머리카락은 탐이 났습니다. 하지만 그렇다고 노을이를 배신할 수도 없었습니다. 한나 뺨 위로 눈물이 흘렀습니다.

노을이도 마음이 아팠습니다. 한나를 따라 무작정 호숫가로 온 것이 잘못이라면 잘못이었습니다. 하지만 한나 때문이란 말은 하기 싫었습니다. 그냥 집으로 돌아가고 싶었습니다. 소파에 누워 텔레비전도 보고, 컴퓨터도 하고 싶었습니다. 엄마도 보고 싶었습니다. 무엇보다도 갇힌 이 세상에서 벗어나고 싶었습니다. 한나와 노을이는 아직 마음을 정하지 못했습니다. 이무기가 재촉했습니다.

"빨리 결정해! 시간 없어! 지금부터 저쪽 세상으로 가는 문을 열어 놓을 거야! 만약에 저 문이 닫히면 너희 둘은 영원히 이곳에 갇히게 될 거야!"

이무기 말이 떨어지기 무섭게 바닥에서 좁은 문이 회오리치듯 열렸습니다. 좁은 문은 팽이 돌 듯 팽팽팽 돌아가고 있었습니다. 한나와 노을이는 서로 눈치만 보고 있었습니다. 한나가 한 걸음 좁은 문을 향해 걸어갔습니다. 노을이도 뭐에 홀린 듯 문을 바라보았습니다. 저 문만 통과하면 그리운 엄마를 만날 수 있습니다. 저 문만 통과하면 한나를 만나지 않았던 그 순간으로 돌아갈 수 있습니다. 이무기의 음산한 목소리가 선택을 재촉했습니다.

"저 문이 닫히면 둘 다 이곳에 갇히게 될 거야~"

이제 시간이 없습니다. 빨리 선택하지 않으면 저 좁은 문조차 사라져 버릴 것입니다. 세상으로 나가는 좁은 문의 빛이 점차 희미해지고 있었습니다.

"곧 닫힐 거야! 바보들아! 주먹다짐이라도 해서 승자를 정해! 멍청이들아!"

이무기의 협박이 채 끝나기도 전에 둘은 뛰기 시작했습니다. 마음을 정한 듯 서로의 손을 잡고 좁은 문을 향해 뛰어들었습니다. 이무기는 그럴 줄 알았다는 듯 괴성을 지르며 웃음을 터트렸습니다.

"한 명만, 딱 한 명만 갈 수 있지~! 크크크크크크~큭!"

이무기의 경고에도 불구하고 둘은 같이 뛰었습니다. 이제 한 걸음만 더 나아가면 바깥세상입니다. 이무기는 숨이 넘어갈 것처럼 큭큭거리며 웃어 젖혔습니다.

"한 명만 갈 수 있다니까~ 크크크-크크크-크릉~"

제12화 무지갯빛 아이들

좁은 문 앞에서 한나와 노을이가 갑자기 손을 놓았습니다.

아주 짧은 순간이었지만 둘은 서로 눈을 맞추었습니다. 그리고 잠깐 고개를 끄덕였습니다. 문은 금세라도 닫힐 듯 아슬아슬했습니다. 그때였습니다. 둘은 누가 먼저랄 것도 없이 서로를 힘껏 밀었습니다. 하지만 노을이가 아닌 한나가 좁은 문으로 미끄러져 갔습니다. 한나가 허우적거리며 노을이의 손을 당겼습니다. 노을이가 한나 손을 억지로 떼어 냈습니다.

"가-! 어서 가-! 돌아보지 말고-! 가!"

좁은 문은 한나와 함께 흔적도 없이 사라졌습니다.

좀 전까지 시끄럽게 떠들던 이무기가 갑자기 조용해졌습니다. 삼지창은 놀란 듯 창을 떨어뜨렸습니다. 여자괴물은 두려운 듯 꼬리를 말고 구석에 숨어 버렸습니다.

이무기는 여태껏 한 번도 아이들에게 져 본 적이 없었습니다. 그가 원하는 대로 조종하고, 괴롭히고, 비웃으며 자기 뜻대로 모든 것을 통제했습니다. 아이들은 겁에 질려 더 가지려 하거나, 남의 것을 뺏더라도 이곳을 떠나고 싶어 했습니다. 지금껏 좁은 문을 통과해 떠난 아이는 한 명도 없었습니다. 한나가 처음이었습니다. 그것도 서로 보내 주려 하다가 떠난 유일한 아이입니다.

혼자가 된 노을이는 바닥에 털썩 주저앉아 울부짖었습니다.

"엄-마!"

짙은 어둠이 몰려왔습니다. 고요했습니다. 노을이가 멍하니 하늘을 올려다보았습니다. 시커멓던 하늘에 번개가 여러 번 내리쳤습니다. 검게 막혀 있던 하늘이 천둥소리와 함께 금이 갔습니다. 갈라진 틈새로 밝은 빛줄기 하나가 떨어졌습니다. 처음에는 한두 줄기였던 빛줄기가 어느새 소나기처럼 쏟아졌습니다. 갑자기 사방이 대낮처럼 환하고 밝아졌습니다. 순간 구슬이 바닥으로 굴러떨어졌습니다. 큰소리로 깨졌습니다.

구슬에 갇힌 아이들이 무지갯빛이 되어 흩어졌습니다. 아이들은 자유를 찾아 떠나갔습니다. 아이들의 노랫소리가 합창이 되어 들렸습니다. 선미와 가온이 지선이 그리고 사라졌던 아이들의 맑은 웃음소리가 들려왔습니다.

한나를 먼저 보냈어! 노을아, 네가 이겼어!

이무기를 물리쳤어!

신- 난- 다! 자-유-다!

고마워!

이제 우리는 하늘로 올라갈 거야-!

아이들의 웃음소리와 소곤거리는 소리가 점점 크고 또렷하게 들렸습니다. 무지갯빛이 된 아이들이 하늘을 온통 수놓았습니다.

커다랗던 이무기와 졸개들은 작게, 아주 작게 변하고 있었습니다. 어디선가 긴 밧줄이 나와 그들을 꽁꽁 묶어 버렸습니다. 밧줄에 묶인 이무기와 졸개들이 으르렁거렸습니다. 하지만 밧줄에는 뾰족한 침이 있어, 이무기와 졸개들이 반항하면 할수록 점점 더 고통스럽게 조였습니다. 이무기가 무서운 얼굴로 저주를 퍼부었습니다.

"저것들이 날 망쳤어! 자기가 안 가고, 서로 보내주려고 했어! 으ㅡ악! 이상한 녀석이 내 땅에 와서 날 망가뜨렸어ㅡ!"

이무기가 이를 갈면서 노을이를 노려보았습니다. 삼지창과 여자괴물은 밧줄에서 벗어나려고 몸부림쳤습니다. 잡혀가지 않으려고 온몸으로 버텼습니다. 하지만 곧 질질 끌려 땅 밑으로 빨려 들어갔습니다. 거대한 힘이 그들을 땅 밑으로 끌어당겼습니다. 이무기와 괴물들은 깊은 땅속에 감춰진 감옥에 갇혔습니다. 어두웠던 호수 밑 세상은 환하게 빛났습니다.

무지갯빛이 된 지선이 선미 가온이가 춤을 추듯이 노을이 곁으로 왔습니다. 지선이와 선미가 손을 흔들었습니다. 가온이가 노을이와 함께 하이 파이브를 했습니다. 무지갯빛은 하늘 전체를 아름답게 물들이다가 사라졌습니다.

혼자가 된 노을이가 주위를 둘러보았습니다. 주위는 달라져 있었습니다. 주변의 모습이 바뀌었습니다. 거칠고 쓸쓸하던 풍경은 사라지고 풀냄새와 시원한 바람- 그리고 환한 햇빛이 비쳤습니다. 노을이는 두근거리는 마음으로 주위를 살폈습니다. 그때 귀에 익은 목소리가 들려왔습니다.

"노을아 노을아 어디 있니? 미안해, 노을아"

한나의 우는 소리가 들렸습니다. 노을이는 소리 나는 쪽으로 달려갔습니다. 한나가 호숫가에 서서 돌멩이를 던지고 있었습니다. 얼마나 울었는지, 얼굴이 눈물로 얼룩져 있었습니다. 노을이도 그만 왈칵 눈물이 날 것 같았습니다. 겨우 힘을 내 한나를 불렀습니다.

"한나야- 오한나! 울지 마!"

노을이 목소리에 한나가 멈칫했습니다. 한나가 천천히 주위를 둘러보았습니다. 아무도 보이지 않았습니다. 한나가 손등으로 눈물을 닦고 다시 돌멩이를 쥐었습니다. 그러자 노을이가 더 크게 외쳤습니다.

"한나야- 안 던져도 돼! 나야-! 강노을이야! 내가 왔어! 울지 마! 울지 말라고- 한나야!"

한나가 뒤를 돌아보았습니다. 노을이가 서 있었습니다. 원래 그 모습 그대로였습니다. 한나가 노을이에게 뛰어갔습니다. 한나는 웃다가 울다가 너무 좋아서 깡충깡충 뛰었습니다. 둘은 한참을 떠들다가 교실로 향했습니다.

바람결에 한나의 짧은 머리카락이 나풀거렸습니다.

작가의 말

어린 시절의 행복한 추억은 평생을 함께하며 그 사람을 성장시킵니다. 그 반대의 경우는 오랫동안 그를 힘들게도 합니다.

《무지갯빛 아이들》은 한나와 노을이가 우정을 통해 아픔을 딛고 성장하는 이야기입니다. 이무기 구슬에 갇힌 아이들이 기쁨을 되찾는 이야기이기도 합니다.

우리를 힘들게 하는 기억이나 상처가 있다면 과감하게 헤쳐 나가기를 바라는 마음으로 이 글을 썼습니다. 독자 여러분 앞길이 기쁨으로 충만한 길이 되길 바랍니다.

저의 첫 번째 독자인 가족에게 사랑을 전합니다.

2023년 여름에

김윤경